Hannas Regen

Susan Kreller

HANNAS REGEN

CARLSEN

Wir produzieren nachhaltig
- Klimaneutrales Produkt
- Papiere aus nachhaltigen und kontrollierten Quellen
- Hergestellt in Deutschland

Umschlaggestaltung und -typografie: formlabor
Umschlagillustrationen: shutterstock.com © Basileus/© Daboost
Lektorat: Franziska Leuchtenberger
Satz: Dörlemann Satz, Lemförde
Herstellung: Karen Kollmetz
ISBN 978-3-551-58475-5

MIX
Papier aus verantwortungsvollen Quellen
FSC® C014496
FSC
www.fsc.org

If I could change
The way that you see yourself
You wouldn't wonder why you hear:
»They don't deserve you«

Billie Eilish, *Everything I wanted*

1

Hanna beginnt im Regen. Sie hört auch im Regen wieder auf, später, nicht jetzt, kein Grund zur Eile. Es ist ein nasser Oktobermorgen, als sie zum ersten Mal in meinem Leben auftaucht, aus heiterem Himmel, obwohl der Himmel an diesem Tag bedeckt ist. Grau hängt er über der Stadt und lässt alles noch trostloser als sonst erscheinen, die Bushaltestellen und die Häuser und die Menschen und die alte Mosterei, sogar die protzigen Türme von *Future Technology Inc.*, alles auf meinem Schulweg sieht so verschwommen aus, als wäre es gar nicht dafür gedacht, von irgendwem gesehen zu werden.

Der Regen verwischt alle Spuren.

Alle Menschen verwischt er.

Hanna, aber sie heißt noch gar nicht so, geht ein paar Meter vor mir durch den strömenden Regen, stampft durch die Pfützen und wird von überall verflucht, das kann ich an den Bewegungen der überall Fluchenden sehen. Was sie rufen, weiß ich nicht, denn der Regen ist lauter, fällt auf alle Geräusche, weicht sie auf.

Hanna kann die Flüche bestimmt verstehen, doch sie kümmert sich nicht darum, sondern trampelt weiter über den nassen Bürgersteig und spritzt jeden, der nicht bei drei in der Nachbarstadt ist, genüsslich voll. Vielleicht kommt es mir aber auch nur so vor, als würde sie das mit Absicht tun, denn eigentlich sieht sie eher so aus, als wäre dieser Regen für sie überhaupt nicht vorhanden und als würden wir anderen uns das ganze Wasser bloß einbilden wie eine Krankheit am kleinen Zeh oder einen Einbrecher in der Nacht oder eine ganz gewöhnliche Fata Morgana.

Das ist es.

Sie geht so gleichgültig durch den Regen, als wäre der Morgen in Wirklichkeit nur nicht ganz streifenfrei geputzt worden, sie wischt nicht über die Schlieren, sie lässt sie so. Hanna ist auch die Einzige auf meinem Weg, die keinen Schirm und keine Regenjacke trägt, sie trägt da ja noch nicht mal einen Namen und ist einfach nur ein Mädchen, das ich noch nie zuvor gesehen habe und das sich vor meinen Augen nass regnen lässt, ein fremder, begossener Pudel, der mir Angst macht und der jeden Moment rechts abbiegen und aus meinem Blickfeld stampfen könnte und danach für absolut immer verschwunden wäre.

Aber es stimmt nicht.

Hanna taucht nicht in meinem Leben auf.

Sie taucht von Anfang an unter.

Es stimmt auch nicht, dass sie so tut, als wäre dieser Regen gar nicht vorhanden. Der Regen, er scheint für sie viel mehr als nur Wasser zu sein, das kann ich sogar von hinten erkennen, dafür muss ich ihr Gesicht gar nicht sehen. Nein, Hanna bewegt sich nicht *gleichgültig* durch den Regen, das ist ja das Merkwürdige, in Wahrheit beachtet sie ihn mehr als jeder Andere, versteckt sich in ihm, hüllt sich in ihn ein wie in einen Mantel.

Während die Tropfen wie ein knisterndes Scheunenfeuer auf meinen Schirm prasseln und in der Ferne eine Sirene zu hören ist, wird Hanna, die immer noch vor mir geht, eins mit dem Regen, gibt ihre Ränder her und hält den Kopf dabei gerade. Sie duckt sich nicht wie all die Anderen, obwohl die durch ihre Schirme und Regenjacken geschützt sind. Sogar die Autos, die ihr Scheinwerferlicht auf die nasse Straße fließen lassen und an mir vorbeirauschen, sehen irgendwie vornübergebeugt aus.

Nur Hanna nicht.

Und ich meine, es gibt fast dreizehn Millionen Arten, durch den Regen zu gehen, im Pfützenslalom, mit unruhigem Trippeln oder verärgerten Meterschritten. Mit der gefalteten Morgenzeitung überm Kopf. Auf Zehenspitzen. Mit schiefen zerrupften Schirmen aus dem Sonderangebot. Mit tief ins Gesicht gezogener Kapuze. Mit dünnen Regenmänteln, die wie große Mülltüten aussehen. Mit schwenkenden Armen, hochgezogenen Hosenbeinen.

Es gibt unendlich viele Arten, durch den Regen zu gehen, und fast alle sind sie schnell oder wasserabweisend. Aber Hanna entscheidet sich ausgerechnet für die eine Art, die langsam und nass ist. Sie entscheidet sich dafür unterzutauchen, aufrecht, in einem Mantel aus lauter Regen, und ich merke, wie erleichtert ich darüber bin, dass ich dieses Mädchen, das da vor mir läuft und sich im nassen Bürgersteig spiegelt wie eine traurige alte Königin, nicht kennen muss.

»Das ist Hanna«, flüstert Frau Mattai, sie sagt es, weil sie meine Klassenlehrerin und für die Rettung neuer, tropfender Schülerinnen zuständig ist. Warum sie es flüstert, weiß ich nicht. »Hanna Kiesow ist das«, raunt sie mir zu. »Hat heute ihren ersten Tag bei uns. Josefin, ich verlass mich auf dich.«

In der Klasse ist es laut, Erdkunde hat noch nicht begonnen, trotzdem scheint einer der Jungen etwas mitgekriegt zu haben und brüllt quer durchs Zimmer: »Leute, mal herhören! Josefin hat den Hauptgewinn gezogen!«

Leider ist er der Einzige, der mal herhört. Der sich selber zuhört. Alle Anderen schauen nur verschlafen zu uns herüber, ein paar lachen leise, und ich frage mich, ob Frau Mattai Hanna später noch richtig vorstellen wird oder ob sie das lieber bleiben lässt, um niemanden in der Klasse auf Ideen zu bringen, auch wenn das überhaupt keinen Sinn ergibt, denn sie bringt uns ja nie auf Ideen.

Ganz egal auf welche.

Der Hauptgewinn, der jetzt einen Namen hat, steht vor meinem Tisch und regnet. Hanna muss bis auf die Haut durchnässt sein, das Wasser rinnt ihr von den schweren, dunklen Haaren übers Gesicht und tropft aus ihren Jackenärmeln heraus, sie lässt sich im Regen stehen.

In ihrem eigenen Regen.

Schon jetzt hat sich unter ihr eine Pfütze gebildet, das kann ich sehen, und Frau Mattai sieht es auch, denn sie verschwindet schnell wieder und wischt sich auf dem Weg nach vorn verstohlen ein paar Tropfen vom Rock.

Hanna setzt sich polternd neben mich, wühlt in ihrem Rucksack und zieht dann mit einem einzigen wütenden Ruck ein Buch heraus, ein zerfleddertes Taschenbuch, das sie vor sich auf den Tisch wirft, aber offenbar nicht lesen will, *Gotische Kirchen bei Lichte besehen*. Die Kirchen scheinen bequem zu sein, denn das Buch ist ein Kissen, auf das Hanna jetzt ihren triefend nassen Kopf legt, ihr Rücken schläft grau und krumm, das Regenwasser deckt sie zu.

Kein einziges Mal hat sie mich angesehen, und das ist besser als nichts, das ist fast, als wäre sie gar nicht da. Beinahe das, was ich mir vorhin auf meinem ungemütlichen Schulweg gewünscht habe. Wie wenig sie nicht da ist, merke ich aber erst, als der Unterricht begonnen hat und Frau Mattai uns in die Wüste schickt, *ein Fünftel der Erde besteht aus Wüste*, leider auch ein viel zu langes Fünftel des Erdkunde-Schuljahrs.

Denn während da vorn von Steinwüsten die Rede ist und von Felswüsten, von Salzwüsten und von Sandwüsten der trockensten Art, bewegt sich von rechts eine Wasserlache auf mich und meine Sachen zu. Wie eine kleine Sturmflut arbeitet sie sich unter Hanna hervor, fließt bedrohlich über den Tisch auf meinen Hefter und mein Erdkunde-Buch zu und zieht eine wässrige Grenze zwischen mir und diesem sonderbaren Mädchen, das jetzt nur noch ein großer grauer Stein ist, *ihre Oberfläche besteht aus Felsen und Gesteinstrümmern.*

Wir sitzen ganz hinten in der Ecke, gleich am Fenster, und ich schiebe mich und meine Sachen so weit von Hanna weg, dass ich fast an der Scheibe klebe, gegen die von außen weiterhin der Regen prasselt, ich weiß jetzt, was der Radiomoderator heute Morgen mit Starkregen gemeint hat. Draußen sind nur Wasser und Lichtflecken und Schattengestalten zu sehen, ein Wind, der mir vorhin noch nicht aufgefallen ist, wühlt sich in die schwarzen Bäume, die gesprenkelte Welt hinterm Fenster hat sich in ein großes Rauschen verwandelt, *auf den Gesteinen kann man oft Wüstenlack erkennen.*

Auf dem Tisch ist Hannas Starkregen zum Halten gekommen, nur manchmal, wenn sie sich leicht bewegt, löst sich ein gefräßiges Rinnsal aus der Wasserlache, fließt zu mir herüber und hält Ausschau nach meinen Sachen aus Papier. Ich sehe noch etwas anderes: Hannas Hand, die aus diesem ganzen zusammengeknüllten Menschen herausguckt und fünf unterschiedlich lange Fingernägel hat.

Trotzdem glaube ich nicht, dass sich Hanna verfeilt oder verschnitten hat. Denn trotz der kleinen weißen Flecken und der unterschiedlichen Länge sehen diese Nägel perfekt aus, ohne Nagellack, aber rosa und mit abgerundeten Enden. Die Fingernägel sehen aus, als wüsste ihre Besitzerin ganz genau, was sie will, oder schlimmer, als wäre ihre Besitzerin eine, die sich nie, in keiner einzigen Sekunde, wünscht, ein anderes Leben zu haben als das eigene. Die sich nie danach sehnt, ein völlig anderer

Mensch zu sein, oder auch nur ein annähernd anderer Mensch. Hauptsache, nicht sie selber.

Als ich das begreife, fange ich an, mich vor Hanna zu schämen, vor einer Fremden, die ich beinahe nicht wiedergesehen hätte, wenn sie, ja: wenn sie vorhin nicht an der falschen Stelle rechts abgebogen wäre, nämlich genau dort, wo irgendwer zufällig mal unsere Schule hingebaut hat. Ich schäme mich, weil Hanna neben *mir* sitzen muss, dem langweiligsten Mädchen der ganzen Klasse, das es noch nicht mal zu einem Spitznamen gebracht hat.

Bei meinem Namen ist das besonders tragisch, einem Namen, der eigentlich nur dafür erfunden wurde, damit ihn Andere behutsam in Spitznamen zerhacken, in Josi oder Finchen oder sonst irgendwas Liebevolles. Aber nicht mal meine Eltern nennen mich anders als Josefin, weil sie kurz vor meiner Geburt in einem Buch gelesen haben, dass Spitznamen ein Kind nur kleiner machen, nicht größer.

Bei meinem jüngeren Bruder Carlo, der eigentlich Carl heißt, haben sie das Buch vermutlich schon wieder vergessen, aus der Josefin-Nummer bin ich dann aber trotzdem nicht mehr rausgekommen, zu Hause und überall.

Ich bin eine von der Sorte *Ich verlass mich auf dich*.

Ich bin die, die man anruft, wenn sonst keiner Zeit hat.

Ich gehöre zu den seitlichen Menschen, die aus Versehen mitfotografiert werden.

Frau Mattai ruft jetzt von vorn: »Leute, Beeilung, bitte los jetzt, ich will *das Wort* hören! Es gibt nur ein einziges Wort für diesen Stein, und das will ich hören.« Etwas Besseres hätte sie gar nicht sagen können, denn es bedeutet, dass es nicht mehr lange dauert, bis die Stunde vorbei ist.

Es ist jedes Mal das Gleiche: Kurz vor Unterrichtsende müssen wir einen Stein bestimmen, egal, wie steinig oder unsteinig das Thema ist, das wir gerade behandeln. Wenn sich jemand beschwert, behauptet sie, dass sie uns damit auf das Leben vorbereiten will. Mit Steinen. Mit toten, farblosen Brocken!

Jemand ruft jetzt »Feldspat«, ein Anderer »Granit«, nichts davon scheint das Wort zu sein, das für diesen Stein erfunden wurde, das kann man an Frau Mattais leicht entsetztem Gesichtsausdruck erkennen. Und während noch andere Wörter gerufen werden, die immer genau die falschen sind, kommt der lebendige, farblose Brocken neben mir wieder zu sich, gibt kleine Laute von sich und richtet sich auf. Ich schaue den erwachten Stein nicht an, aber in meinem Augenwinkel ist Platz genug, Platz für dieses eigenartige Mädchen. Und dort kann ich erkennen, dass Hanna ganz langsam ihren Kopf zu mir dreht und mich für einen Stein ungewöhnlich lange ansieht.

Als ich irgendwann zurückstarre, lande ich im finstersten Blick der Klasse. Ich halte ihn eine Weile aus, schaue aber so abweisend wie möglich zurück, wasserabweisend, steinabweisend, *lass mich in Ruhe*. Dann nehme ich meinen Hefter und das Erdkunde-Buch vom Tisch hoch, in Zeitlupe und triumphierend, denn die trocken gebliebenen Sachen sind mein kleiner Sieg, ich habe sie vor Hannas Regen gerettet.

Sie versteht es sofort.

Und bevor ich meinen kleinen Sieg aus Papier in den Rucksack packen kann, steht sie auf und fängt an, sich zu schütteln, aber nicht wie ein mickriger begossener Pudel, sondern eher wie ein triefender, ausgewachsener Bernhardiner kurz vor der Rente. Sie schüttelt erst nur den Kopf und nimmt dann den Oberkörper mit dazu, schüttelt sich, schüttelt sich, und alles wird nass, meine Erdkunde-Sachen, meine Seite vom Tisch, ich selbst, sogar Hannas *Gotische Kirchen*, die aber auch vorher schon wellig und fleckig waren, Hanna schüttelt sich so heftig und so lange, bis ihr ganzer Regen gefallen ist.

Dann, ganz plötzlich, hört sie auf.
Sieht mich wieder an.
Und lächelt ein winziges, schief gezogenes Lächeln.

2

»Jajajajaja« kommt es aus ihrem Mund wie eine lange Girlande, meine Mutter sagt es, weil sich wieder jemand über ihr Essen beschwert hat. Carlo. Er musste dafür noch nicht mal den Mund aufmachen, wie immer hat er einfach nur den Pizza-Notruf-Flyer vom Kühlschrank abgemacht und neben seinen Teller gelegt, damit er jetzt beim Kauen so tun kann, als würde er in Wirklichkeit Pizza Marinara essen, und damit meine Mutter sehen kann, dass auf dem Pizza-Notruf-Flyer in roten Buchstaben *Schmecke den Unterschied* steht.

Wir befinden uns mitten in der slowenischen Woche, was gut ist, weil wir schon drei Abendessen hinter uns haben, und schlecht, weil uns noch vier bevorstehen. Die ersten slowenischen Happen des heutigen Abendessens habe ich immerhin schon geschafft, einen Hauch Sarma-Kohlroulade, ein wenig Kartoffelbrei, etwas Tomatensauce, und es war nicht besonders schwer, den Unterschied zu Pizza Marinara zu schmecken. Ich bin mir sicher, dass das nicht an Slowenien liegt, zumal wir Sarma auch schon in der serbischen, der mazedonischen und der ungarischen Woche gegessen haben.

Nein.

Es liegt allein an den Kochkünsten meiner Mutter.

Die internationalen Wochen hat sie vor ein paar Jahren eingeführt, damit wir die Welt kennenlernen, oder wenigstens einen kleinen Teil davon, den, den man schmecken kann. Niemand außer unserer Mutter weiß, wann wieder eine internationale Woche losgeht. Sie kommt jedes Mal ohne Vorankündigung, dafür aber mit einem länglichen Einführungsvortrag, der immer dann erweitert wird, wenn einer von uns nicht interessiert genug kaut. Auch jetzt müsste uns meine Mutter eigentlich etwas über die Wickeltechniken und die Sauerkrautsäure moderner slowenischer Kohlrouladen erzählen, über das Reis-Möhren-Hackfleisch-Gemisch im Inneren, aber stattdessen fragt sie mich kauend: »Sag mal, Josefin, kennst du eine ... eine Kiesow? Den Vornamen weiß ich nicht. Sie soll in deine Schule gehen.«

Ich wische mir schnell ein paar Regentropfen von meinem Ärmel, obwohl da gar keine sind, und sage betont gelangweilt: »Kann sein. Schon mal gehört. Der Name kommt mir irgendwie bekannt vor. Eine Kiesow sitzt in ein paar Fächern neben mir.«

Meine Mutter lässt ihr Besteck so laut fallen, dass sich mein Vater an sein schreckhaftes Herz fassen muss und Carlo sich die Ohren zuhält, dann ruft sie: »Sieh an! Was für ein Zufall«, und ich denke: Was für ein Reinfall, sage aber: »Ja, vielleicht, kann sein, weiß nicht.«

Meine Mutter nimmt ihr Besteck wieder auf, überlegt eine Weile und legt es auf den Tisch zurück. Mit einem kleinen Rest Kartoffelbrei im Mundwinkel erzählt sie, dass die Mutter der Kiesow, *wie heißt die eigentlich vorn?*, ihre neue Kollegin ist und dass sie aus ihr nicht schlau wird.

»Weißt du«, sagt sie zu mir, »die will nichts mit uns zu tun haben. Mit keinem aus der Abteilung. Die meiste Zeit arbeitet sie stumm vor sich hin, nur manchmal, da sagt sie was, aber bloß dann, wenn keiner damit rechnet. Dann macht sie eine kleine Bemerkung. Und die ist wohl lustig gemeint. Aber ihr Humor ist sehr ... na, sagen wir mal ... trocken. Wie ist die Tochter?«

»Nass.«

Carlo muss lachen, verliert dabei ein paar kostbare Brocken slowenisches Abendessen, und ich sage schnell: »Also, tja, zumindest war das am Anfang so. Klar, so kanns gehen, wenn man seinen Schirm vergessen hat. Ansonsten, na ja, ansonsten hat sie die ersten Tage viel geschlafen. Anstrengendes Leben oder so. Aber jetzt ist sie meistens wach. Das macht aber auch keinen Unterschied.«

Meiner Mutter scheint das fürs Erste zu genügen. Sie schneidet übertrieben lange an einer angebrannten Kohlroulade herum, isst ein kleines Stückchen und lobt kurz die gelungenen Röstaromen. Schon wieder ärgere ich mich darüber, dass sie unbedingt bei *Future Technology Inc.* arbeiten muss und den ganzen Tag mit Halbleitern zu tun hat. Sie kann nichts dafür, jeder Zweite arbeitet schließlich dort, nur: In einem anderen Leben wäre der Hauptarbeitgeber der Stadt mindestens eine weltberühmte Schokoladenfabrik gewesen, eine, die ihre Angestellten ab und zu in Naturalien bezahlt.

Das Ärgerliche an der Arbeit meiner Mutter ist also, dass sie abends nicht nach Hause kommen und fröhlich rufen kann: »Josefin, Carlo, kommt schnell nach unten, ich hab euch eine schöne Tüte Microchips mitgebracht, lasst es euch schmecken.«

Und dass sie in der Buchhaltung jetzt eine neue Kollegin hat.

Meine Mutter kaut nachdenklich und murmelt dann: »Schön, dass wenigstens ihr euch gut versteht«, und mein Vater fügt hoffnungsvoll hinzu: »Vielleicht ruft sie ja mal bei uns an.« Was er damit meint, ist, dass sie hoffentlich mal auf dem Festnetztelefon anruft, wer sie ist, ist ihm egal. Er arbeitet als Lehrer, könnte also irgendwann mitgekriegt haben, dass in meinem Alter niemand auf dem Festnetztelefon angerufen wird. Keiner. Dass ich in meinem Alter auch sonst kaum Anrufe kriege, braucht er nicht zu wissen.

Dabei geht es ihm sowieso nicht darum, dass ich endlich ein paar Freunde finde, jedenfalls kann ich mir das nicht vorstellen. Nein. Er fragt nach den Anrufen, weil er das Festnetztelefon so liebt. Und vor allem fragt er danach, weil er sich immer, jedes einzelne Mal, nach dem Klingeln mit einem völlig falschen Namen meldet und sich diebisch darüber freut. Er sagt dann zum Beispiel *Metzgerei »Schinken macht Freude«, was kann ich für Sie tun?* oder *Schrebergartenverein Knallroda-Süd* oder *Selbsthilfeseminar »Erfolgreich hoffen«*, und einmal hat er sich sogar mit *Finanzamt Innenstadt* gemeldet, was von all seinen Festnetzideen höchstens die zweitbeste war, denn die Frau am anderen Ende der Leitung war überraschend auch vom Finanzamt Innenstadt. Mein Vater konnte sie gerade noch so besänftigen, indem er sagte, dass er sich schon den ganzen Tag auf ihren Anruf gefreut hat und jetzt ganz durcheinander ist.

Carlo steht jetzt auf, obwohl die Hälfte seines Tellers noch voll ist. Er sagt, dass er Hausaufgaben machen muss, und Hausaufgaben sind hier erlaubt, mit Hausaufgaben oder einem dringenden Kegelabendtermin darf man sich in meiner Familie sogar frühzeitig aus einem internationalen Abend herausschleichen.

Dabei weiß ich, dass Carlo gleich in die Küche gehen und sich ein Brot machen oder ein dickes Stück Käse abschneiden wird. Und als ich höre, dass er sich drüben ein Messer aus der Schublade nimmt, versuche ich meine Mutter abzulenken und sage: »Ich weiß nicht, irgendwas ist komisch an Hanna.«

»An wem?«

»Na, Hanna Kiesow. Ich meine, diese ganze Hanna Kiesow ist seltsam, alles an ihr, aber da ist noch etwas Anderes, und das ist viel merkwürdiger, nur, ich komm nicht drauf.«

Obwohl ich meine Mutter mit dem, was ich ihr erzähle, nur ablenken will, ist es trotzdem die reine Wahrheit. Irgendwas an Hanna hat mich jeden Tag unruhig gemacht. Da war etwas, das nicht gestimmt hat, ein winziger Fehler in der Konstruktion, und wahrscheinlich hätte jeder Andere sofort gewusst, was für ein Fehler das ist, Kupplung, Lenkrad, Bremssystem. Doch obwohl ich die ganze Zeit darüber nachgedacht habe, irgendwo im hintersten Hinterkopf, im wilden Gerümpel hinter all den anderen Gedanken, bin ich weiterhin ratlos.

»Mama?«

Aber meine Mutter sagt nichts dazu. Sie wirkt abwesend, vielleicht, weil sie Carlo in der Küche hören kann, denn sie legt die Stirn in hauchdünne Falten und kommt mir jetzt selbst ein wenig ratlos vor. Wie sie da mit hängenden Armen neben meinem Vater am Tisch sitzt, sieht sie verloren aus. Seit Jahren frage ich mich, ob sie die feinen Brot- und Käsegeräusche, die aus internationalen Anlässen aus der Küche kommen, richtig versteht oder ob sie sich einredet, dass sie nichts zu bedeuten haben und bloß irgendwelche Geräusche sind, die ein bisschen nach Brot und ein bisschen nach Käse klingen.

Gesagt hat sie noch nie etwas. Aber als ich sie jetzt so zusammengesunken sehe, den Blick müde auf den Teller gerichtet, tut sie mir leid, und ich esse fünf Gabeln Kartoffelbrei und schiebe ein großes Stück slowenische Kohlroulade mit gelungenen Röstaromen hinterher.

»Josefin«, sagt meine Mutter und lächelt so leicht, wie der Kartoffelbrei gewürzt ist. Da weiß ich es. Da begreife ich mit einem kleinen, eingeatmeten Schreck, was an Hanna die ganze Zeit am seltsamsten war. Und als ich es meiner Mutter sage, kann ich noch nicht ahnen, was ich damit anrichte und wie sehr ihre detektivischen Augen in ein paar Sekunden funkeln werden, na ja, zumindest *behauptet* sie, dass sie detektivisch sind, denn eigentlich finden sie nie etwas heraus. Nie. In Wirklichkeit hat meine Mutter nur die Angewohnheit, sich die Leben anderer Menschen vorsichtshalber selber auszudenken.

Was ich meiner Mutter zu sagen habe, ist mir tatsächlich gerade erst klar geworden, so wie einem manchmal, in den unpassendsten Momenten, einfällt, wie der Junge hieß, der einen vor zweihundert Jahren von der Schaukel geschubst hat. Mit dem kleinen Unterschied, dass es jetzt ein sehr passender Moment ist. Und ich sage: »Es ist irgendwie verrückt, aber ich weiß jetzt, was an Hanna so komisch ist. Was die ganze Zeit nicht gestimmt hat. Sie reagiert einfach nie auf ihren Namen.«

3

»Josefin!«

Jemand ruft meinen Namen, und ich weiß auch wer. Langsamer als nötig drehe ich mich zu der knarzigen Stimme um, und auf dem Weg dorthin halte ich meine Augen gerade noch so davon ab, sich mit mir mit zu verdrehen. Denn wenn man beim Einkaufen vom Marktleiter persönlich gerufen wird, braucht man einen freundlichen Blick und dann auch noch eine halbwegs originelle Antwort. »Ach, Herr Pollmann, was für ein Zufall, hallo!«, sage ich so leise wie möglich und ziehe schnell mein Handy aus der Hosentasche, um zu beweisen, dass ich schon seit Minuten schwer beschäftigt bin und jetzt leider keine Zeit für Supermarktgespräche habe.

Natürlich gibt es im Leben größere Zufälle als den, einen Marktleiter an seinem Arbeitsplatz zu treffen, irgendwo zwischen der Sportsalami und den wurstfreien Wurstprodukten, und natürlich würde sich Herr Pollmann lieber seinen Kittel zerschneiden, als sich freiwillig Marktleiter zu nennen. Denn er ist hier der Marktmanager, *so viel Zeit muss sein!*, und er nutzt jede Gelegenheit, um dieses Wort laut und deutlich auszusprechen.

Zu laut.

Zu deutlich.

Das Dumme ist nur, dass sein weiß-grüner Marktleiterkittel manchmal, wenn er *Marktmanager* oder etwas anderes Lebenswichtiges sagt, eine durcheinandergeratene Knopfleiste zeigt, wodurch alles lächerlich wirkt. Auch heute ist es Herrn Pollmann nicht hundertprozentig gelungen, seinen Kittel ordentlich zu-

zumachen, was aber gut zu seinem unordentlichen Gesicht passt, denn er hat lauter kleine Schweißtropfen auf der Stirn und rote Flecken auf den Wangen.

Managerstress.

»Josefin, hör zu, ich würde wirklich furchtbar gerne mit dir plaudern«, sagt er zu mir und sieht mich ernst an. »Aber ich muss schnell zurück ins Büro, ist ja leider nicht jeder so vernünftig wie du. Grüß die Eltern von mir. Grüß den Bruder von mir. Die Großmutter.« Dann geht er weiter, sicher ahnt er, dass ich niemanden von ihm grüßen werde, vor allem nicht den Bruder, und ich frage mich, wo die Millionen von nicht ausgerichteten Grüßen, die sich jeden Tag auf der Welt ansammeln, eigentlich bleiben und ob sie für immer in der Luft herumschweben und ob man manchmal, an besonders grauen Tagen, ganz leicht mit der Nase dagegen stößt und das Gefühl hat, für ein paar Sekunden nicht allein zu sein.

Herr Pollmann, der einen merkwürdig leichten, federnden Gang hat, ist mittlerweile hinter den Regalen seines Königreichs verschwunden und ich hoffe inständig, dass uns niemand aus meiner Schule zusammen gesehen hat. Die Schüler kennen Herrn Pollmann von ihren großen Pausen, die sie hier verbringen, und für die meisten ist er eine Witzfigur, ein zerstreuter Mann, der mit ihnen schimpft, wenn sie schon vor dem Bezahlen in ihre Schokoriegel beißen oder die Glastüren der Kühlregale offen lassen. Es gibt kaum jemanden, der ihn ernst nimmt, und die meisten in meiner Schule achten darauf, ihn nicht *persönlich* zu kennen und auch keinen Vater zu haben, der mit ihm befreundet ist und ständig seine Festnetzanrufe entgegennimmt.

Als der Marktleiter weg ist, kann ich mich wieder um den Einkauf kümmern, um ein paar Sachen, die mein Vater mir aufgeschrieben hat und die ich gerne besorge. Denn diese Einkäufe bedeuten, dass wir zurzeit keine internationale Woche haben und dass mein Vater der Koch im Haus ist. Immer, wenn meine Mutter international kochen will, fährt sie in komplizierte Läden in der Nachbarstadt und wühlt so lange in den Regalen, bis sie auch die letzte Zutat gefunden hat, irgendein abgelaufenes Gewürzpulver, das schon seit vier Jahren keiner gekauft hat. Immer, wenn mein Vater kocht, reicht Herrn Pollmanns unkompliziertes Revier völlig aus.

Dabei ist sein Managerparadies gar nicht so harmlos, wie es tut, in Wirklichkeit ist es riesig und hat Regale, die man in normalen Supermärkten gar nicht findet, Regale mit Herrenunterhosen oder Damenoberbekleidung oder Lippenstiften. Meistens finde ich mich hier gut zurecht, aber dann gibt es diese Momente wie jetzt, in denen ich mich so verloren fühle wie in einer zu großen und zu fremden Stadt, die Regale werden zu Hochhäusern und die Gänge dazwischen zu Straßenschluchten mit Kartoffelaroma, immer steht irgendwas im Weg, Paletten oder Einkaufswagen, *Kasse zwei bitte!, Kasse zwei bitte!*, und aus allen Kühlregalen brummt es und –

Die Frau, die mich angerempelt hat, macht sich gar nicht erst die Mühe, sich zu mir umzudrehen, geschweige denn, sich bei mir zu entschuldigen. Oder nachzusehen, ob ich ganz knapp überlebt habe. Was ja immerhin sein könnte. Sie rennt einem Mann hinterher, bleibt an einer Holzpalette hängen, befreit sich und rennt weiter, nimmt den gleichen Weg wie vorhin der Marktleiter, sieht aber viel gehetzter als er aus, sogar von hinten.

Ich sehe ihr nach und kann die angerempelte Stelle auf meinem Arm noch spüren. Die Frau trägt einen hellen dünnen Mantel und einen roten Schal, der hinter ihr herweht wie eine flatternde Blutspur. Vielleicht ist sie auf der Suche nach besonders frischem Brot und beeilt sich nur deshalb, weil so ein Brot schließlich jeden Augenblick verschimmeln kann. Aber irgendetwas in mir sagt mir, dass es einen ganz anderen Grund gibt, einen, der nicht verschimmeln kann, und dass die Frau in die Richtung von Herrn Pollmanns Büro rennt.

Es ist reiner Zufall, dass ich ein paar Minuten später auch in der Nähe des Marktleiterbüros lande, es liegt nun mal auf meinem Weg, außerdem bin ich schon von Natur aus nicht neugierig. Die Tür zum Mitarbeiterbereich steht weit offen, auch die Tür vom Büro vorne rechts im Gang ist einen Spaltbreit geöffnet.

Weit genug.

Ich kann Stimmen hören, mehrere durcheinander und am lautesten die von Herrn Pollmann, der gerade »zehn Flaschen Nagellack« brüllt, sehr streng, sehr zerhackt, *Fla-schen,* und sofort habe ich Mitleid mit der Person, die von allen Dingen, die man hier im Supermarkt klauen kann, ausgerechnet Nagellack einstecken musste, und dann gleich zehn Flaschen. Denn der Nagellack, der hier im Supermarkt im Regal steht, wird vermutlich vom Marktleiter-Manager persönlich ausgesucht, zumindest sieht er so aus, und nicht mal meine Großmutter würde diese Marke und die Farben freiwillig kaufen.

Dann sehe ich sie, in einem türspaltschmalen Rahmen.

Die Person, die den Nagellack freiwillig geklaut hat.

Hanna.

Doch kaum, dass ich sie durch den Türspalt erkannt habe, höre ich den vorwurfsvollen Handyklingelton des Marktleiters, *Du hast mich tausendmal belogen!,* es ist eine Zeile aus einem Lied von Herrn Pollmanns Lieblingsschlagersängerin, das hat mir mein Vater mal mit leicht gequältem Blick verraten. Und so schwungvoll die tausendmal belogene Frau gerade aus dem Handy gesungen hat, so energisch stößt Herr Pollmann jetzt seine Bürotür auf und geht federnd und dabei laut telefonierend den Gang des Mitarbeiterbereichs entlang nach hinten. Er hat mich nicht gesehen, und wenn, würde er es sowieso nicht glauben, weil ich so wahnsinnig vernünftig bin und nie im Leben Gespräche belauschen würde.

Ich trete trotzdem einen Schritt zur Seite und beschäftige mich mit dem Regal neben der Mitarbeitertür, in dem sich viele Ölflaschen mit spannend geschriebenen Etiketten befinden, *aus kontrolliertem Anbau, kaltgepresst, nicht raffiniert*. Dann, nach einer Weile, höre ich die federnden Marktleiterschritte näher kommen, aber zum Glück landen sie wieder im Büro, das Verhör kann weitergehen.

Obwohl ich mich nur ungern von den Ölflaschenetiketten losreiße, mache ich einen vorsichtigen Schritt nach rechts und sehe, dass die Bürotür jetzt viel weiter geöffnet ist als vorhin. Dort, wo ich anfangs nur Hanna gesehen habe, kann ich jetzt auch noch die Frau mit dem hellen Mantel und dem Blutschal erkennen, daneben sitzt ein Mann mit Vollbart und beschlagenen Brillengläsern.

Hannas Eltern.

Zumindest *denke* ich, dass sie es sind, auch wenn ich auf den ersten Blick keine Ähnlichkeit zu Hanna erkennen kann. Sie wirken unruhig, sehen blass und ängstlich aus, und ausgerechnet jetzt fängt Herr Pollmann wieder zu reden an. Seine Worte kann ich diesmal nicht verstehen, sie kommen bei mir nur als gemurmeltes Geräusch an. Das gemurmelte Geräusch wird von einem anderen Männermurmeln unterstützt, höchstwahrscheinlich vom Ladendetektiv, der im Supermarkt bekannt ist wie ein bunter Hund und sich meistens auch wie ein bunter Hund kleidet, aber trotz dieser Tarnkleidung erstaunlich viele Diebe auf frischer Tat ertappt.

Herr Pollmann scheint Hannas Eltern keine harmlosen Geschichten von belogenen Schlagersängerinnen zu erzählen, denn sie werden noch blasser als ohnehin schon und schauen sich nervös im Büro um, während ihre Tochter starr auf einem Stuhl sitzt, mit hängendem Kopf und den verschränkten Händen auf den Knien. Sie sieht aus wie eine Ertappte, gleichzeitig kommt sie mir so vor, als wäre ihr ihre eigene frische Tat völlig egal und auch der ganze Rest dieses Tages und der ganze Rest dieser Welt. Und die zehn Flaschen Nagellack. Sie ist so fehl am Platz, aber ich glaube nicht, dass sie in Wahrheit ganz woanders ist.

Sie ist nirgendwo.

Ich bin froh, dass der Ladendetektiv vom Büro aus nicht sehen kann, wie verdächtig ich hier neben dem Ölregal stehe, sonst würde er denken, dass ich eine größere Salatparty plane und nur noch schnell einunddreißig Flaschen Olivenöl stehlen will, falls ein paar Gäste mehr auftauchen. So was soll bei Salatpartys ja vorkommen. Herr Pollmann hätte ihm aber sowieso nicht geglaubt, weder die Sache mit dem Diebstahl noch die Sache mit den paar Gästen mehr.

Oder mit irgendwelchen Gästen.

Hannas Eltern *glauben* dem Detektiv, das kann ich in ihren Gesichtern erkennen, und ich überlege, was meine Eltern an ihrer Stelle tun würden. Ob sie mich bis zum Schluss verteidigen würden und fest davon überzeugt wären, dass ihre Tochter mit der Schulter an das Regal mit dem Nagellack gestoßen ist und dass die einzelnen Fläschchen dann nur rein zufällig eins nach dem anderen in ihre Jackentasche gefallen sind, das kann ja schließlich jedem mal passieren in einem Supermarkt wie diesem hier, und wir waren ja alle mal jung.

Herr Pollmann beugt sich jetzt erstaunlich artistisch zu Hannas Eltern runter, sagt etwas und sieht ihnen streng dabei zu, wie sie wenig artistisch in ihren Taschen kramen und lange nicht fündig werden. Später kann ich erkennen, dass die Frau ihre Augen geschlossen hat, während sie dem Marktleiter ihren

Ausweis unter die Nase hält. Ihr Kopf ist gesenkt, die Frisur ein bisschen zerzaust, der Schal leuchtet rot.

Er ist das Einzige an ihr, das leuchtet.

Dann geht alles ganz schnell. Hanna und ihre Eltern stehen auf und ich kann wieder Stimmen hören, ein großes, lauter werdendes Durcheinander. Schnell mache ich wieder einen Schritt nach links, nehme eine Flasche Olivenöl aus dem Regal und höre, wie Herr Pollmann aus dem Mitarbeiterbereich kommt und mir eilig zuruft: »Das Sojaöl ist heute im Angebot, nimm ruhig eine Flasche mehr mit. Vielleicht noch ein kleines Leinöl? Ist gut für die Verdauung!«

Dann sehe ich im Augenwinkel etwas farbenfroh Huschendes, das muss der getarnte Detektiv sein, und ich lese, dass Olivenöl bei Temperaturen unter zwanzig Grad trüb werden kann. Ist es erst mal unter zehn Grad gelandet, bilden sich sogar Flocken, ab zwanzig Grad wird das Öl aber wieder schön klar.

Ich stehe am Ölregal, mit dem Rücken zur Welt, dem Rücken zu diesem verwirrenden Nachmittag, und erfahre, dass Olivenöl den Eigengeschmack meiner Gerichte betont und dass es ideal zum Backen und Braten ist, ich finde sogar heraus, dass Olivenöl null Gramm Salz und null Gramm Zucker hat und dass man es vor Licht und Wärme schützen muss. Nur eine einzige kleine Sache verschweigen mir die geschwätzigen Ölflaschenetiketten.

Nämlich, dass jemand hinter mir steht.

Hanna.

»Na? Alles mitgekriegt?«, höre ich sie mit ihrer selten benutzten Stimme sagen. »Oder soll ich noch mal irgendwas für dich wiederholen? Kein Problem. Sag einfach, welche Stelle du brauchst.«

Ich erschrecke, als ich Hanna höre, drehe mich aber erst um, als sie fertig ist. Ihr Kinn ist zur Faust geballt, ihre Augen funkeln böse, neben ihr warten ihre Eltern. Sie sehen nicht so aus, als hätten sie soeben ein Gespräch mit einem falsch geknöpften Marktleiter ertragen, der sich manchmal für einen Marktmanager hält. Eher so, als wären sie im Mitarbeiterbereich direkt auf Godzillas Zwillingsbruder gestoßen.

Alle drei schauen sie mich an, zwei mit trüben, fragenden Blicken, eine mit blutschalroter Wut im Gesicht, und ich denke, *Kasse zwei bitte, Kasse zwei bitte!*, ich denke, *du hast mich tausendmal belogen!*, ich denke an Hannas unterschiedlich lange Fingernägel, die ich jeden Tag in der Schule sehe, und an ihre Besitzerin denke ich, gut geschützt vor Licht und Wärme, *sag es nicht*, denke ich, *stell die Flasche zurück und geh jetzt endlich weiter.*

Na los, sag es einfach nicht.

Geh endlich weiter.

Aber dann, dann sage ich es leider trotzdem. Ich behalte die Ölflasche, die mittlerweile lauwarm ist und ihren schmierigen Inhalt dadurch vor Flockenbildung bewahrt, in meinen Händen, schaue abwechselnd zu Hannas Mutter und Hannas Vater, räuspere mich viel zu künstlich und sage dann das Peinlichste, was man an einem Supermarktnachmittag so von sich geben kann, nicht etwa: »Herr Pollmann schaltet nie die Polizei ein, jeder hier weiß das, er ist eigentlich ein netter Kerl«, nicht etwa: »Eigentlich suche ich das Kürbiskernöl«, nein, bei halb vollem Verstand sage ich: »Sie können ganz beruhigt sein. Ihre Tochter *kann* gar nichts geklaut haben. Ihre Tochter benutzt nämlich nie Nagellack.«

4

Ich knalle meine Zimmertür so laut zu, dass das ganze Haus wackelt, es zittert und klirrt und fällt gleich in sich zusammen. Dabei bin ich gar nicht wütend, kein Stück. Die Tür habe ich nur deshalb zugeknallt, weil wir in einem uralten Haus wohnen, einer krumm gewachsenen Bruchbude, in der schon die Großeltern meiner Mutter gelebt haben, damals in der Jungsteinzeit.

Das Haus ist das älteste in unserer Siedlung und der ganze Stolz meiner Eltern, aber nicht mal der halbe Stolz von Carlo und mir. Und das liegt an allem hier, am meisten aber an den Türen, die sich jedes Jahr im Herbst so stark verziehen, dass man sie kaum noch schließen kann und dass man sie, wenn man es dann zufällig doch geschafft hat, kaum wieder aufkriegt.

Von nebenan höre ich meinen Vater irgendwas rufen, ich kann aber nur *Tür* verstehen und *verdammt*, und die Worte klingen nicht besonders verständnisvoll. Bestimmt verwickelt er gerade wieder jemanden in eines seiner berühmten Festnetzgespräche und muss sich konzentrieren.

Ich entschuldige mich insgeheim bei allen Finanzamt-Innenstadt-Frauen dieser Welt, werfe meinen Rucksack in die Ecke und mich selbst aufs Bett. Ich bin nicht wütend, ich bin nicht traurig, und seit dem Nagellacknachmittag vor einer Woche trägt Hanna jeden Tag Nagellack, immer eine andere Farbe, manchmal sogar zwei auf einmal, und wenn sie mich überhaupt mal ansieht, dann sprühen Eisblumenfunken aus ihren Augen.

Sie haben mich noch nie verfehlt.

Die meiste Zeit sieht Hanna aber durch mich hindurch, und

ich bewundere sie fast dafür. Jeder, der das je probiert hat, weiß, wie schwer das ist, denn man sieht den Anderen ja trotzdem und muss sich mit aller Kraft vorstellen, dass er durchsichtig wie frisches Regenwasser ist, auch wenn er mit den Armen herumfuchtelt und sonst was tut. Sich entschuldigen zum Beispiel. Ein paarmal habe ich das bei Hanna versucht, aber sie hat mir gar nicht zugehört und stattdessen erstaunt auf ihre Fingernägel geschaut, als würde sie die zum ersten Mal sehen.

Und ich, ich kann nichts tun.

Ich kriege meine eigene Tür nicht auf.

Von meinem Bett aus kann ich eine Fliege brummen hören, die letzte Überlebende des Sommers und außerdem das einzige lebende Wesen, das überhaupt noch meine Nähe sucht. Die Fliege brummt sich langsam an mich heran, und ehe ich es selbst richtig begreifen kann, habe ich sie mit einer zusammengerollten Zeitschrift erledigt, mit *Schön im Schlaf. Perfekte Haut über Nacht*, sauberer Vorhandschlag, Schmetteraufprall.

Der Fliege ist ihre kleine Fliegenhaut mit Sicherheit egal, sie liegt auf meinem Bett und bewegt nur noch ihre dünnen Beinchen. Wie eine leichte Yogaübung sieht das aus, auf einer seidenen Matte aus Fliegenflügeln, und es ist, als würde sie dabei ihr allerletztes Lied dirigieren, das Lied vom Fliegentod.

»Josefin! Kann ich reinkommen? Was denn nun?«

Meine Mutter steht draußen vor der Tür und muss schon ein paarmal gerufen haben, sie klingt genervt.

»Ja, was denn nun?«, rufe ich zurück. »Was denn?«

Ich bin nicht wütend.

Ich bin nicht traurig.

Wahrscheinlich haben meine Worte zusammengefasst wie »Herein« geklungen, denn meine Mutter macht jetzt die Tür auf, das heißt: sie versucht es zumindest, es gelingt ihr aber erst beim fünften Versuch. Und natürlich lässt sie sich den Ärger über dieses klapprige Haus und seine Türen auch diesmal nicht anmerken, aber sie tut das so angestrengt und künstlich, dass ich beinahe lachen muss. Ich lache aber nicht, sondern entscheide mich, ohne es überhaupt zu merken, für das Gegenteil.

»Josefin«, sagt meine Mutter erschrocken und stellt den Wäschekorb ab, der der Grund für ihren Besuch bei mir ist. »Josefin. Du ... weinst ja. Was ist los?«

Es stimmt, meine Wangen sind nass, nass geregnet, hier in meinem trockenen Zimmer. Und während mir die Tränen weiter über Gesicht und Hals laufen und meine Mutter mich fragend ansieht, sage ich schluchzend: »Ich habe eine Fliege bewusstlos geschlagen.«

Von Hannas Fingernägeln erzähle ich ihr nichts, aber meine Mutter will mich trotzdem trösten. Sie kommt zu mir und setzt sich aufs Bett, punktgenau auf die dirigierende Fliege, womit alle Fliegen des Sommers ein für alle Mal ausgerottet wären. Dann drückt sie meine Hand, so wie früher, wenn sie abends noch mal zu mir ins Zimmer gekommen ist und noch eine Weile an meinem Bett gesessen hat, und sagt: »Ach, herrje. Arme Fliege. Sie hätte ein langes Leben haben können. Aber ich wette, es geht ihr gut. Da, wo sie jetzt ist.«

Da, wo die Fliege jetzt ist, geht es ihr hundertprozentig nicht gut, aber ich sage nichts dazu und lasse die Fliege in Ruhe ersticken und meine Mutter weiter meine Hand halten, auch wenn sie nicht mehr richtig bei der Sache ist und nach drüben an die Wand starrt. Ohne dass ich ihr eine Frage gestellt habe, sagt sie: »Na, ich weiß ja nicht«, nur *was* sie nicht weiß, das verschweigt sie mir leider. Sie bleibt noch eine Weile stumm, schweigt der Fliege unter ihrem Po ahnungslos eine kleine Totenrede und schließt sie mit einem Seufzen ab.

Dann, auf einmal, steht sie von meinem Bett auf und drückt

dabei immer noch meine Hand, stützt sich auf ihr ab, so wie sie es meine ganze Kindheit lang getan hat. Ich habe nie etwas dazu gesagt, weil es jedes Mal nur halb schlimm war, und auch jetzt verkneife ich mir ein Ächzen, und erst recht verkneife ich mir einen Blick auf die Stelle, wo meine Mutter gesessen hat. Sie geht zur Tür, bleibt dort etwas krumm stehen und atmet durch. Dann schließt sie sie mühevoll, nimmt den Wäschekorb hoch und trägt ihn in eine meiner Zimmerecken. Stellt ihn ab. Setzt sich in den Sessel, der dort steht. Und sagt: »Also gut. Da wäre noch was.«

5

Meine Mutter beugt sich nach unten und nimmt ein ordentlich zusammengelegtes Wäschestück aus dem Korb, ein T-Shirt, das sie ohne jeden Grund auseinanderfaltet und auf ihren Oberschenkeln glatt streicht. Sie sieht aus, also könnte sie fast keiner Fliege etwas zuleide tun, aber als sie von dem T-Shirt aufblickt und mich anschaut, kann ich das detektivische Funkeln in ihren Augen erkennen. Ich weiß jetzt, dass sie nur wegen *Da wäre noch was* in mein Zimmer gekommen ist.

»Es geht noch mal um deine Freundin Kiesow«, sagt sie.

»Die ist nicht meine Freundin Kiesow«, rufe ich zu laut und zu abrupt, »die ist noch nicht mal eine flüchtige Bekannte, die ist eigentlich nur flüchtig und ansonsten total unbekannt. Mir zumindest.«

Ich weine schon lange nicht mehr.

Vor Schreck knüllt meine Mutter das T-Shirt wieder zusammen und presst ihre Hände ein paar Sekunden in die Stoffkugel. Als sie sich gefangen hat, reißt sie das Shirt wieder auseinander, hängt es über ihre Knie und sagt: »Wie auch immer. Mir ist da jedenfalls so eine Idee gekommen. Papa findet auch, dass da was dran sein könnte.«

Ich lege mich auf die Seite und richte mich auf, bewege meine Beine über die Bettkante, bleibe sitzen. Und ich ahne Schreckliches. »Was für eine Idee?«

»Ich habe über alles nachgedacht. Über alles, was mir komisch vorgekommen ist. Ich habe mit Papa geredet und einiges gelesen. Und ich glaube, jetzt weiß ich, was los ist.«

Sie weiß so oft, was los ist, dass sie meistens gar nicht mitkriegt, was wirklich los ist, deshalb frage ich nur: »Echt? Ja, was denn? Was ist denn jetzt schon wieder los?«

»Papa und ich denken ... ich denke ... hm, tja ... oder nein, ganz anders, ich fange am besten noch mal an.«

Bevor meine Mutter noch mal anfängt, schmeißt sie das T-Shirt zurück in den Wäschekorb, so als würde sie sich mit einem Mal vor der Farbe oder dem Stoff ekeln. Dann holt sie ein anderes Shirt heraus, starrt es an, faltet es aber nicht auseinander. Nachdem sie es auf ihren Oberschenkeln abgelegt hat, sagt sie: »Letzte Woche bei *Future*, du weißt schon, Standortjubiläum mit kalten Getränken, wo es doch sowieso nicht um uns kleine Leute geht, letzte Woche bei *Future* war jedenfalls auch die Lokalzeitung da. Mit einem Fotografen. Also, du weißt schon, mit *dem* Fotografen. Dem einzigen hier.«

Ich finde es albern, wenn meine Mutter nur *Future* sagt, aber sie hat es sich so angewöhnt, weil sie sich bei *Technology* meistens verhaspelt. Von *Inc.* ganz zu schweigen. Und ich kann mir nicht erklären, warum sie mir gerade jetzt mit kalten Getränken kommt. »Okay«, sage ich, »da war also ein Fotograf. *Der* Fotograf. Und die Lokalzeitung.«

»Da war auch noch die Mutter deiner Freundin Kiesow.«

»Kein Wunder, die arbeitet ja da.«

Meine Mutter kann sich nicht vorstellen, dass man, wenn man um eine halb tote Fliege geweint hat, nicht *nur* um eine halb tote Fliege geweint hat. Ich wage jetzt doch einen Blick auf das kleine, weiche Insektengrab und sehe, dass die Fliege auf eine äußerst bewegliche Weise tot ist und soeben eine neue Yogaübung begonnen hat, noch immer auf dem Rücken liegend, aber mit viel Beingezappel. Und während meine Mutter »Na ja, arbeiten« sagt, brülle ich: »Sie lebt! Sie lebt!«, und meine Mutter antwortet: »Ja, *noch*.«

»Was?«

»Noch. Ich glaube, dass sie in Gefahr ist. Die ganze Familie ist in Gefahr. Alle.«

»Die ... Kiesows?«

Meine Mutter nickt. »Die Kiesows.«

»Wie kommst du denn darauf?«, frage ich entgeistert, aber nicht, weil ich mir auf einmal Sorgen um die Kiesows mache, sondern eher um meine eigene Familie, das heißt: um genau ein Mitglied dieser Familie, eines, das aufgeregt im Sessel sitzt und die ganze Wäsche durcheinanderbringt.

Und nicht nur die.

»Mir ist so vieles komisch vorgekommen«, sagt dieses Familienmitglied jetzt. »Und ich meine, gut, was solls, geht mich ja auch nichts an, die Kiesow kann ja machen, was sie will. Aber dann war da eben diese Jubiläumsfeier, auf der sie den Zeitungsfotografen geschubst hat, und geschubste Zeitungsfotografen, so was fällt mir dann eben doch auf. Das ist etwas ... ungewöhnlich.«

So ungewöhnlich wie der Zeitungsfotograf *kann* Hannas Mutter aber gar nicht sein, jedenfalls nicht so ungewöhnlich anstrengend. Ich habe ihn ein paarmal in unserer Schule erlebt, bei Schultheaterstücken und Sportwettkämpfen zum Beispiel, und meistens hat er kleine Gruppen von Schülern so künstlich geordnet und neu sortiert, dass zum Schluss auch das letzte Lächeln auf dem Foto ausgelöscht war und in der Zeitung dann Fotos von einschläfernden Veranstaltungen mit Schaufensterpuppen zu sehen waren.

»Keine schlechte Idee, den zu schubsen«, sage ich, aber meine Mutter hört mir gar nicht richtig zu.

»Ja«, sagt sie, schweigt eine Weile und seufzt dann. »Jedenfalls habe ich da endgültig begriffen, dass die Kiesow etwas zu verbergen hat. Oder kannst du mir etwa erklären, warum jemand so panische Angst davor hat, auf einem Gruppenfoto in einer Lokalzeitung zu landen?«

Mit einer Antwort scheint meine Mutter gar nicht zu rechnen. Auf ihren Oberschenkeln liegt mittlerweile ein frisch zusammengeknüllter Pullover, in dem sie ihre Hände vergraben hat wie in einem Klumpen Hefeteig, und sie sagt nachdenklich: »Ich glaube, die Kiesows sind nicht die, für die sie sich ausgeben. Nein. Weiß Gott nicht.«

»Hanna Kiesow gibt sich für überhaupt niemanden aus«, rufe ich schnell, und das ist nichts als die Wahrheit. Denn noch nie, wirklich noch nie im Leben habe ich einen Menschen gesehen, der so sehr versucht hat, *niemand* zu sein. Hanna behandelt mich zwar wie Luft, aber sie selbst ist der Luft noch viel ähnlicher, sie ist gar nicht da.

»Hanna ist gar nicht da«, flüstere ich.

»Gar nicht da? Josefin, sie ist da. Auch ihre Mutter. Und wer da sonst noch ist. Alle sind ... anwesend. Nur dass bei den Kiesows irgendwas, sagen wir, verrutscht ist. Dein Papa und ich haben den dringenden Verdacht, dass ...«

»Ich versteh kein Wort. Ich weiß, dass Papa bei so was nie mitmachen würde. Der glaubt doch nur, was er sieht. Oder sowieso schon weiß. Der würde auch nie im Leben lästern. Hör doch auf!«

Meine Mutter sieht mich an, ihre Augen funkeln irritiert, aber immer noch detektivisch genug. Ich weiß, dass sie nicht aufhören wird. Dass sie weitermachen wird mit ihren verrutschten Anwesenheiten. Und da verstehe ich es. Alles. Ich verstehe, was hier wieder losgeht. Denn das letzte Mal, als meine Mutter einen dringenden Verdacht hatte, lag Frau Lisco von gegenüber tot in ihrem Wohnzimmer, Schlaganfall, tagelang nicht gefunden. Meine Mutter hatte Frau Lisco seit einer ganzen Woche nicht mehr gesehen, und das war Beweis genug für die Tragödie, die sich im Haus gegenüber abgespielt haben musste.

Die Sache hatte nur einen winzig kleinen Haken, und der winzig kleine Haken war, dass Frau Lisco ganz woanders lag, nämlich auf einer bequemen Liege des Wellness-Hotels in Bad Schwanheim, und dort eine Gesichtsmaske einwirken ließ. Als das aber geklärt war, hätte meine Mutter der lebendigen Frau Lisco am liebsten eingeredet, dass sie in Wirklichkeit doch in der Wohnung gelegen hatte und tot gewesen war, man kommt bei so was ja auch schnell mal durcheinander. Sie war sogar ein bisschen gekränkt, als Frau Lisco noch lebte und sogar viel gesünder war als vor ihrer ganzen Wellness und aussah wie das blühende Leben.

Auch jetzt guckt meine Mutter eine Spur beleidigt, weil ich sie unterbrochen habe, und sie sagt: »Na gut. Einverstanden. Ich gebe zu, dass die Kiesow den Fotografen eventuell nur etwas ungünstig berührt hat. Aber ist ja auch egal. Dein Papa und ich, wir sind uns trotzdem einig. Vor allem bin *ich* mir einig.« Nach diesen Worten wirft sie den zerknüllten Pullover wie etwas sehr Lästiges in den Wäschekorb und sagt: »Diese armen Kiesows. Weißt du, vielleicht haben die irgendwann mal was beobachtet.«

»Beobachtet?«

»Etwas Kriminelles. Mord und Totschlag. Einen Überfall. Eine Drogenübergabe. Gefährliche Körperverletzung. Waffenhandel. Irgendwas in der Art. Möglicherweise waren sie zur falschen Zeit am falschen Ort.«

Meine Mutter macht eine Pause und sieht mich fragend an, so als könnte ich ihr etwas Neues über Morde und falsche Zeiten an falschen Orten sagen, das kann ich aber nicht, und deshalb macht sie fröhlich weiter, fröhlich, aber mit ernstem Blick.

»Du weißt ja. Wenn die Zeit es zulässt, beschäftige ich mich ein wenig mit Kriminalistik.«

»Mama! Du guckst skandinavische Krimiserien! Das ist alles.«

Sie nickt. »Wenn die Zeit es zulässt.«

Die Vorliebe meiner Mutter für diese Serien hat uns schon viele skandinavische Gerichte mit gut klingenden Namen und schlecht gewürzten Zutaten eingebrockt, zum Beispiel *Pyttipanna* in der schwedischen Woche oder *Pinnekjøtt* in der norwegischen. In der isländischen Woche gab es sogar Innereien vom Schaf, die aber von der Kuh stammten und trotzdem sehr innerlich geschmeckt haben. Ob meine Mutter dadurch als Hauptkommissarin taugt, bezweifele ich, trotzdem frage ich sie: »Was könnten die Kiesows denn beobachtet haben? Ich meine, was kann denn so gefährlich gewesen sein, dass sie jetzt Angst haben müssen?«

»Wie gesagt, das kann alles Mögliche sein. Kriminelles eben. Und deshalb braucht die Familie jetzt Schutz. Vom BKA. Bundeskriminalamt.«

»Mama!«

»Was? Na gut, kennst du schon. Jedenfalls brauchen sie Schutz vor den Kriminellen, die sie verraten haben. Oder mal angenommen, du bist selber Verbrecher, willst dich aber beruflich umorientieren und verrätst deine früheren Kollegen. Mafia und so. Und die finden das dann nicht so gut. Ist ja auch verständlich. Tja. Und dann brauchst du eben Schutz.«

»Die Kiesows und die Mafia? Nie im Leben!«

»Nein«, sagt meine Mutter und schüttelt den Kopf. »Das glaube ich ja auch nicht.«

Sie hat die Wäsche im Korb schon eine ganze Weile nicht mehr angerührt und sieht auf eine lebendige Weise besorgt aus, ihre Wangen leuchten rot, in ihren Augen tanzt und glitzert es. »Jedenfalls glaube ich«, sagt sie und verbessert sich gleich, »jedenfalls glauben *wir*, dass die Kiesows eine falsche Identität angenommen haben. Falscher Name, falsche Kindheit, falsches Leben. Alles nur erfunden. Leben für Leben für Leben. Kein Abschied, nichts. Nie ein Abschied. Immer gleich das nächste Leben. Josefin, ich meine. Also. Es spricht alles dafür, dass sie ... Teil eines Zeugenschutzprogramms sind.«

Meine Mutter hat sich in eine zufriedene Rage geredet.

Meine Mutter erzählt Geschichten.

Und geht diesmal zu weit.

»Warte mal, Moment. Das ist doch alles ... Quatsch. Das denkt ihr euch doch alles nur aus. Habt ihr irgendwelche Beweise? Und überhaupt, was hat das mit mir zu tun?«

»Josefin, überleg doch mal selbst. Die ganze Geheimniskrämerei, die Sache mit dem Namen, mit den Fotos. Und überhaupt. Diese sonderbare Frau. Wusstest du, dass man aus so einem Programm auch wieder rausfliegen kann, wenn man etwas Falsches macht? Etwas Kriminelles? Oder etwas noch Kriminelleres als ohnehin schon? Na, egal. Es passt alles zusammen.«

Und während ich überlege, wie viel von diesem *Alles* man als Arbeitskollegin in so kurzer Zeit mitkriegen kann, steht meine Mutter vom Sessel auf und nimmt den Korb mit meiner ordentlich zusammengeknüllten Wäsche hoch. Dann trägt sie ihn sinnloserweise wieder zur Tür, stellt ihn ab und kämpft mit dem klemmenden Türholz, sie flucht und schnauft so lange, bis das Holz endlich ein Erbarmen hat und nachgibt. Nur meine Mutter gibt nicht nach. Während die Fliege, die ihre Yogaübungen beendet hat, aus dem Zimmer schwirrt, nimmt meine Mutter den Korb wieder hoch, und ohne sich noch einmal umzudrehen, sagt sie mild triumphierend: »Wirst schon sehen, dass ich recht habe. Glaub mir. Die Kiesows haben eine Tarnidentität.«

6

Hanna sitzt neben mir und trägt einen weißen Tarnkittel, die ganze Klasse trägt weiße Tarnkittel, kein Mensch könnte Hanna hier finden. Und das ist auch besser so, denn unser Chemielehrer, der explosive Herr Wittstock, könnte sie im Notfall gar nicht retten, denn er ist der stillste und harmloseste Lehrer der Schule.

Alles, was in ihm laut ist, seine geheime Wut und seine geheime Freude und seine geheimsten Sorgen, alles packt er in seine Experimente, wo es in Ruhe lärmen kann. Er würde sich gar nicht erst die Mühe machen, einen Versuch aufbauen zu lassen, wenn er nicht genau wüsste, dass es gegen Ende hin ordentlich knallt.

Hanna weiß noch nichts davon, und sie hat mit Sicherheit auch nicht mitgekriegt, welches Experiment wir heute machen. Ihren Kopf hat sie diesmal nicht auf den *Gotischen Kirchen* abgelegt, sondern hält ihn seitlich gedreht auf ihrem Hals. Trotzdem wirkt sie so fern wie immer, starrt an die Wand und tut so, als würde sie die Tafel mit dem Periodensystem der Elemente freiwillig auswendig lernen und wäre schon beim Quecksilber angekommen.

Eigentlich braucht Hanna gar keinen Tarnkittel. Denn obwohl sie auch heute wieder Farben trägt, Jeansblau und Pulloverschwarz, sieht sie so aus, als würde sie stattdessen die durchsichtige Sorte Grau tragen und in ihre Umgebung übergehen. Sie ist ein Teil von allem, was es sonst noch gibt. Aber würde sie das im Notfall auch schützen, sie, die Zeugin?

Nein, keine Zeugin.

Nur Hanna.

Auf ihrer Seite vom Tisch liegen zwei Paar Handschuhe und zwei Schutzbrillen, und ich frage: »Gibst du mir schon mal eine Zeugenschutzbrille?«, stumm frage ich es in mich hinein, ich sage nie etwas zu ihr. Stattdessen beuge ich mich zu ihr hinüber und nehme mir die Brille selbst, Schutzbrillen und zusammengebundene Haare sind hier oberstes Gebot, das hat uns der explosive Herr Wittstock auch heute wieder in seiner einschläfernden Art erklärt.

Hanna lässt sich nichts anmerken.

Sie lässt sich *sich selbst* nicht anmerken.

Und so verrückt ich die Geschichte meiner Mutter auch finde, kommt mir Hanna tatsächlich wie jemand vor, der die ganze Zeit versucht, sich in Sicherheit zu bringen. Der verschwindet, direkt vor meinen Augen, neben meinen Augen, immer. Der noch nicht mal so tut, als wäre er da.

Jemand, den es gar nicht richtig gibt.

Nach dem Zeugenschutzgespräch habe ich ein paar Sachen im Internet gelesen und genau verstanden, dass dieses Thema von niemandem genau verstanden wird, schon gar nicht von den Leuten in den Krimiserien. Alles ist geheim. Da stand auch, dass man, wenn man so einen geschützten Zeugen zufällig persönlich kennt und von der ganzen Sache Wind bekommt, selbst gefährlich lebt, und seitdem bin ich froh darüber, dass ich keine richtige Mitwisserin bin.

Ich bin höchstens eine Mitahnerin.

Ich ahne mit meiner Mutter mit.

Herr Wittstock hat uns vorhin den Ablauf des Experiments erklärt und mit leuchtenden Augen angekündigt, dass es zum Schluss etwas lauter werden könnte, schließlich würden wir uns heute mit nichts Geringerem als mit Knallgas beschäftigen.

Jetzt, mit seinem leicht wehenden Kittel, teilt er in aller Ruhe Protokollblätter aus, legt jeder Zweiergruppe eins auf den Tisch und schüttelt fast unmerklich den Kopf, als er Hanna so abwesend sieht, oder woanders anwesend, mitten im Periodensystem der Elemente.

Sein Chemielehrerkittel ist nicht mehr weiß, sondern hat von den vielen lauten Experimenten schon einen grauen Schleier bekommen. In der Brusttasche klemmen fünf silberne Kugelschreiber, die wahrscheinlich alle nicht schreiben, Herrn Wittstock aber sehr wichtig aussehen lassen. Zumindest scheint er das zu glauben.

Er kommt noch mal zu uns zurück, verschränkt unsicher die Arme und sagt: »Hanna?«, aber Hanna reagiert nicht, also versucht er es wieder und fragt gleich noch: »Das ist doch dein Name, oder?« Hanna schreckt hoch, zuckt mit den Schultern und ballt ihre Hände so fest zu Fäusten, dass ihre eigenartigen Fingernägel ganz vergraben sind. Auf Herrn Wittstocks Frage scheint sie keine Antwort zu wissen.

Sie trägt heute keinen Nagellack, nur noch ein paar kleine blaue Reste, das ist mir vorhin aufgefallen, und Herr Wittstock versucht streng zu gucken, es gelingt ihm aber nicht. Mit seiner Strenge, die wie so oft auf halbem Weg stecken geblieben ist, sagt er zu Hanna und zu mir und zum Rest der Klasse: »Ihr könnt gleich alles holen, Materialien stehen im Protokoll, den Wasserstoff händige ich aber selbst aus. Und vorher will ich euch noch etwas zeigen.«

Als er an seinem feuerfesten Lehrertisch angekommen und sein Blick längst wieder still und freundlich geworden ist, setzt Hanna so ruckartig ihre Schutzbrille auf, dass ich mich zu ihr drehe und sehe, dass sie hinter dieser Brille die Augen schließt, so wie neulich ihre Mutter im Marktleiterbüro, sie presst sie regelrecht zu.

Hanna ist jetzt endgültig untergetaucht.

Vorn steht Herr Wittstock und stellt eine große Konservendose umgekehrt auf den Tisch, mit dem Boden nach oben. Trotzdem kann man noch lesen, was auf dem Etikett steht, *Mildes Weinsauerkraut*, und sofort habe ich Mitleid mit meinem Chemielehrer, er ist kurz mein Verbündeter in unappetitlichen Essensangelegenheiten.

Zur Klasse sagt er jetzt: »Keine Sorge. Euer Experiment wird viel harmloser sein. Ihr nehmt Reagenzgläser und Teelichter. Ich zeige euch hier nur die Action-Version. Und ich weiß nicht, ob ich es schon erwähnt habe, meistens vergesse ich das leider, jedenfalls: Zum Schluss könnte es etwas lauter werden.«

Ich schaue kurz zu Hanna, aber sie hält die Augen hinter ihrer Schutzbrille weiterhin geschlossen, auch wenn sie sie nicht mehr so fest zusammenpresst. Reglos sitzt sie da, als würde sie auf gar nichts mehr warten. Auch Herr Wittstock sieht zu ihr, aber er sagt nichts, weder zu den geschlossenen Augen noch zu der Brille, die sie jetzt noch gar nicht tragen müsste. Dann setzt er sich seine eigene Schutzbrille auf, zupft an seinem Kittel und füllt dann aus einer Gasflasche mit einem dünnen Schlauch Wasserstoff in die Dose.

Alles, was er tut, kommentiert er so mitreißend wie ein Live-Reporter bei der Schach-WM, aber man kann sogar hinter seiner Brille erkennen, wie vergnügt er gerade sein muss. Er nimmt den Bunsenbrenner in die Hand und spricht in ihn hinein, als wäre er ein Mikrofon, geheimnisvoll sagt er: »Man nennt es auch die Knallgasprobe«, und raunt dann noch hinzu: »die Knallgasprobe zum Nachweis von Wasserstoff«.

Neben mir ist Hanna wahrscheinlich längst eingeschlafen, vorn hält Herr Wittstock den Bunsenbrenner an ein kleines Loch, das er vorher in den Dosenboden gebohrt hat, und entzündet dort eine kleine Flamme. Dann tritt er zwei große, zufriedene

Schritte zur Seite, reibt sich die Hände, schaut uns an, nickt. Und während ich darüber nachdenke, ob man mit der Knallgasprobe zur Not auch ausgedachte Leben nachweisen könnte, explodiert vorn die Dose und geht wie eine illegale Silvesterrakete hoch, von wegen mildes Weinsauerkraut. Die ganze Dose pfeift darauf, mild zu sein, sie pfeift und knallt und zischt und schießt, alles gleichzeitig, sie macht einen unglaublichen Lärm, aber das Verrückte ist, dass keiner in der Klasse deshalb erschrickt.

Nicht deshalb.

Wir erschrecken aus einem anderen Grund.

Wir erschrecken, weil sich Hanna neben mir die Seele aus dem Schutzkittel brüllt. Aus ihrem sonst so stummen Mund kommt ein hoher, gellender, unendlich langer Schrei, der sogar den explosiven Herrn Wittstock aus der Ruhe bringt. Verzweifelt zieht er die fünf Kugelschreiber aus der Brusttasche seines Kittels, so als könnte er damit irgendjemanden retten.

Die meisten Schüler sitzen geduckt an ihren Plätzen, haben die Schultern nach vorn gezogen und den Kopf nach unten und den Blick nach oben gerichtet. Ich merke, dass auch ich so dasitze. Voller Angst. Und als Hannas hoher, gellender, unendlich langer Schrei dann irgendwann doch endet, reißt sie sich die Schutzbrille vom Kopf, knallt sie auf den Tisch und brüllt wütend in meine Richtung: »Mann! Josef!«

Ich setze mich gerade hin.

Kopf hoch, Schultern runter.

Herz hoch.

Und obwohl *Josef* nach einem alten bayerischen Weißwursterfinder klingt und nach *Kannst du mal den kleinen Jesus halten?*, und auch wenn jetzt die halbe Klasse zu lachen und die andere Hälfte zu schimpfen anfängt, bin ich so froh wie lange nicht.

Denn ich habe etwas geschenkt bekommen.

Den ersten Spitznamen meines Lebens.

7

Der Nieselregen ist leichter als Herrn Wittstocks Wasserstoff, leichter als ein Herz, und er lässt sich auf den Schulhof, den schief hängenden Basketballkorb und auf all die vermoderten Holzbänke fallen, auf das Novemberlaub und meinen Kopf und dann auch noch auf den Kopf von Hanna, die neben mir geht.

Zum ersten Mal.

Sie schweigt in langen Sätzen, und ich antworte nicht darauf, alles ist wie immer. Still gehen wir durch den flüsternden Regen, aber Hannas Schrei von vorhin ist noch da, in meinen Ohren trage ich ihn über den Schulhof, ich habe Hannas Angst immer dabei.

Und ich weiß nicht, ob es sich bei diesem schwachen Geniesel lohnt, den Schirm aufzuspannen oder meine Kapuze aufzusetzen oder etwas zu sagen, irgendwas, ich weiß nur: Manchmal, da geht jemand neben dir und alles passt zusammen, der Rhythmus und die Länge der Schritte, das Quietschen der Sohlen und das kleine Stolpern zwischendurch und dass der Weg unter den Schritten bald ein Heimweg sein wird, keiner sagt was, keiner fragt was, trotzdem ist es so, als wäre jeder Schritt ein Wort und der Weg, den man geht, eine ganze Sprache, und –

»Hanna! Josefin!«

Wir bleiben beide stehen und drehen uns um. Auf dem Lehrerparkplatz steht Frau Mattai und sieht noch verzweifelter aus als in den Momenten, in denen jemand aus meiner Klasse *Beton* oder *Rohdiamant* sagt. Sie trägt ein Tablett mit namenlosen Steinen, könnte sich aber auch vorstellen, es nicht zu tragen, das kann ich aus der Ferne deutlich erkennen. Sie ruft es schon wieder, aber jetzt verzweifelter, »Hanna! Josefin!«, und ich denke: *Josef, so viel Zeit muss sein,* dann antworte ich ausführlich für uns beide.

»Ja?«

»Könnt ihr mir kurz helfen?«, schnauft Frau Mattai mit letzter Kraft. »Kofferraum. Autoschlüssel. Jackentasche. Und bitte schnell.«

Mehr kann sie nicht mehr sagen, die Steine ziehen Frau Mattais Stimme nach unten. Hanna und ich rennen zu ihr und nehmen ihr das Tablett ab, sodass sie die Arbeitsschritte *Autoschlüssel* und *Jackentasche* nun doch selbst übernehmen kann. Sie schließt den Kofferraum auf, wir stellen das Tablett hinein, und statt *Danke* sagt Frau Mattai: »Sucht euch einen aus.«

Hanna erschrickt, das kann ich hören, aber als ich sie anschaue, sieht sie merkwürdig froh aus. Froh erschrocken. Zum allerersten Mal habe ich das Gefühl, als würde etwas in ihren Augen leuchten, als würde sogar ihr ganzer Rest leuchten, mag sein, dass Hanna ihr Grau für einen kurzen Moment an Frau Mattais Steine abgegeben hat.

Und während ich noch überlege, ob das Angebot ernst gemeint war oder ob meine Lehrerin vor lauter Erschöpfung wirr geredet hat, nimmt sich Hanna schon einen der Steine, hält ihn kurz in der Hand, kneift dabei die Augen zusammen und legt ihn vorsichtig zurück aufs Tablett, immer wieder macht sie das so und prüft jeden einzelnen Stein auf eine Weise, die mich an meinen Vater erinnert, wenn er den ersten Schluck Rotwein ein paar Sekunden lang im Mund behält, um zu entscheiden, ob er ihn gut findet. Er macht das aber auch mit Saft und mit Kaffee und stillem Wasser und neuerdings auch mit Milch, und ich sage schon lange nichts mehr dazu.

Unter Frau Mattais geöffneter Heckklappe ist es trocken,

aber unsere Lehrerin steht trotzdem draußen im Nieselregen und sieht dort zufrieden und gut aufgehoben aus. Ihre Brille ist voller kleiner Tropfen, sodass sie kaum noch etwas sehen kann, aber es scheint sie überhaupt nicht zu stören. Fröhlich sagt sie: »Josefin, na komm, such dir auch einen Stein aus. Und keine Sorge, ich will keine Namen hören.«

Und dann wühle auch ich lustlos in dem grauen Geröll, gezwungenermaßen, denn die Steine sehen alle langweilig aus, farblos, klumpig und schmutzig, so völlig anders als die bunten Steinchen aus dem Glückssteinautomaten. Und auch wenn Frau Mattai uns in ihrem Unterricht etwas anderes einreden will, sind sie nichts, womit mich jemand auf das Leben vorbereiten könnte.

Auf das Glück.

Oder auf sonderbare Mitschülerinnen.

Vor allem nicht auf sonderbare Mitschülerinnen.

Hanna hat jetzt ihren Stein gefunden und hält ihn in der Hand wie einen kostbaren Schatz. Man kann ihr den Wasserstoffschrei von vorhin nicht mehr ansehen, nicht mal mit viel Phantasie. So friedlich wirkt sie jetzt, friedlich wie eine, die ihr ganzes Leben lang nur auf diesen einen Stein gewartet hat. Einen Stein, der aussieht wie ein getrocknetes Bibergehirn. Er liegt in ihrer linken Hand, und mit der rechten streicht sie leicht darüber, sie ist sanft zu einem Stein.

Ich beuge mich nach unten, nehme irgendein anderes Bibergehirn vom Tablett und lasse es in meine Jackentasche fallen, wo es erst mal bleiben kann, jedenfalls so lange, bis ich es zu Hause irgendwo im Garten ablegen werde. Dort kann es dann bis ans Ende seiner Tage darauf warten, dass ihm jemand seinen richtigen Namen verrät.

Das Nieseln ist stärker als vorhin, aber trotzdem schwach genug, um kein richtiger Regen sein zu müssen. Hanna geht jetzt, auf meinem Heimweg, noch immer neben mir, dabei hätte sie nach Frau Mattais Steinen einfach verschwinden können. Sie hätte jederzeit gehen können. Irgendwohin, weg von mir, so wie sonst auch.

Aber sie ist weiterhin in meiner Nähe, und das Nieseln scheint sie mehr zu stören als der strömende Regen an ihrem ersten Schultag. Wieder und wieder schiebt sie den Tropfennebel mit ihrer steinfreien Hand verärgert von sich weg, als müsste sie einen Schwarm winziger Insekten vertreiben, die sich in der Jahreszeit geirrt haben.

Ich kann sehen, dass es nicht Hannas Regen ist.

Im Nieselregen kann sich ja niemand verstecken!

Also nimmt sie sich besonders in Acht, das ist nicht schwer zu erkennen, auch wenn sie betont zufällig auf meiner linken Seite geht und nicht etwa rechts, wo die Autos dicht an ihr vorbeifahren würden. Vielleicht hat sie Angst, von irgendwem erkannt zu werden, oder sie glaubt, dass sie jemand in sein Auto ziehen könnte.

Oder.

Ja, mag sein.

Es wird schon dunkel, dabei ist der Abend noch weit. Still gehen wir an den protzigen Türmen von *Future Technology Inc.* vorbei und an der alten Mosterei, an Menschen und Häusern und Bushaltestellen, überall hängen die finsteren Reste des Tages. Und langsam, ganz langsam begreife ich, dass die Geschichte meiner Mutter nicht stimmen kann. So wie ihre Geschichten eigentlich nie stimmen Denn wenn Hanna wirklich eine geschützte Zeugin sein sollte, wo sind dann ihre Beschützer vom BKA oder egal von welcher Abkürzung? Weit und breit ist niemand zu sehen, der auch nur annähernd als Beschützer durchgehen könnte, hier eine alte Frau, dort ein Bauarbeiter, der Feierabend hat, auf der anderen Straßenseite eine Gruppe kleiner Kinder mit Regenjacken, aber nein!

Nein.

Hanna hält immer noch den Stein in der Hand und verjagt mit der anderen weiterhin kleine Insektenregentropfen. Ich muss an ihren Schrei nach der Knallgasprobe denken und fühle ein Lachen ein paar Millimeter unter meiner Kehle, aber es ist kein leichtes Lachen und es bleibt, wo es ist. Nur mein neuer Spitzname ist noch leicht, auch wenn ich ihn seit dem Wasserstoffknall leider nicht mehr gehört habe.

Josef.

Mir fällt ein, was ich über die vielen Leben gelesen habe, über jedes neue Zeugenschutzleben, das man führen muss, wenn man wieder mal aufgeflogen ist. In einem Artikel stand, dass man meistens ohne Abschied geht, sogar ohne viel Gepäck, ohne Zahnbürste und Haustier, zack, das wollte mir ja meine Mutter schon weismachen. Aber Hanna ist nur Hanna: kein Wort zu viel und immer ein Mensch zu wenig, sie ist Hanna, nichts weiter, und als ich den Kopf nach links drehe, ist sie vor allem eins: verschwunden.

Zack.

Ich drehe mich um, renne ein paar Meter zurück und sehe den schmalen Weg, in den sie eingebogen ist, lese *Grisebachweg*. Von Weitem kann ich sie erkennen, ihren Rücken, ihren etwas ungelenken Gang und dass sie mit ihren großen Grisebachschritten immer kleiner wird. Und von Weitem kann ich auf einmal auch verstehen, warum mich Hannas Wasserstoffschrei so bedrückt, von Weitem begreife ich endlich, dass Hanna das Knallgas gar nicht gehört hat.

Kein Knallgas.

Es war ein Schuss.

8

Es ist Sonntag, spät am Vormittag, und draußen versucht mein Vater verzweifelt meine Zimmertür zu öffnen, mit Schulter und Ellenbogen, was man an den abwechselnden Ächz- und Schmerzgeräuschen gut erkennen kann. Die macht er meistens, wenn er die Tür aufmachen will, aber gerade keine Hand zur Hand hat, und ich frage mich, ob er mir heute ausnahmsweise das Frühstück ans Bett bringt.

Und wieso.

Als er den Kampf gegen die Tür endlich gewonnen hat, vermischt sich die triste Sonntagsstille schlagartig mit einer anderen Stille: der seltsamen Ergriffenheit meines Vaters. Es ist jetzt eine doppelte Stille, eine Stille so groß, als würde draußen Schnee fallen, dabei regnet es noch nicht einmal.

»Papa? Was ... was ist denn los?«

Er steht im Türrahmen und sieht so entzückt aus, als hätte er gerade einen kleinen Vogel gerettet. Seine Hände hat er zu einer Schale geformt, und in dieser hautfarbenen Schale aus zwei liebevollen Handtellern liegt etwas, das wirklich ein verletzter Vogel sein könnte, kaputter Flügel, verstauchtes Bein, Schnabelbruch.

Ich rechne fest damit, dass der Vogel jeden Moment geheilt ist und die Flügel ausbreitet und nach einer Ehrenrunde durch mein Zimmer fröhlich zwitschernd davonfliegt, aber der arme Kerl stellt sich tot, was vielleicht daran liegt, dass er leider doch keiner ist.

Kein Vogel.

Sondern nur unser Festnetztelefon.

Mein entzückter Vater kommt in mein Zimmer und geht auf mich und mein Bett zu, langsam und vorsichtig. Dann beugt er sich zu mir herunter und überreicht mir, immer noch mit beiden Händen, das Telefon. Er behandelt es jetzt nicht mehr wie einen Vogel, sondern wie eine wichtige Auszeichnung, ein kleines Ding auf einem Samtkissen, und als er mir das Ding auf dem Samtkissen überreicht und die Hände endlich frei hat, benutzt er sie gleich, um sie sich triumphierend zu reiben. Dann sagt er etwas zu mir, auf das er sich sicher schon seit Millionen von Jahren gefreut hat, sehr leise und mit kleinen, strahlenden Augen sagt er: »Josefin, es ist für dich.«

»Äh, hallo?«

Die Stimme im Telefon ist für mich, die Stimme im Telefon lacht, sie hat noch nie gelacht. Sofort weiß ich, dass sie zu Hanna gehört, obwohl ich sie so selten gehört habe. Leider fällt mir noch etwas anderes ein. Und ohne Hanna zu begrüßen oder irgendwas Freundliches zu sagen, frage ich: »Verdammt, wie hat er sich gemeldet?«

»Was meinst du?«, fragt Hanna und klingt jetzt erstaunt.

»Na, wie hat er sich am Telefon gemeldet? Du weißt schon. Mein Vater.«

Hanna schweigt ein paar beunruhigende Sekunden lang und ich überlege, ob sie meine Frage nicht richtig gehört hat. Aber dann bekomme ich meine Antwort, die mich noch viel mehr beunruhigt.

»Gemeldet? Ach, ganz normal. Er hat gesagt: *Band-Management Trio de Janeiro, was kann ich für Sie tun?*«

»Oh Gott. Oh Gott. Oh Gott!«

Es ist mir so peinlich.

»Und? Was hast du gesagt?«, frage ich Hanna ungeduldig und schließe meine Augen, so als müsste ich dadurch das ganze Unglück nicht mehr sehen, dabei ist es ja ein Unglück zum Hören und eher ein Fall für geschlossene Ohren. Ich bin so froh, dass mein Vater nicht mehr im Zimmer ist.

Hanna antwortet: »Na, ich hab gesagt, dass ich gern zwei Konzertkarten vorbestellen würde, aber bitte eher hinten links, wieso?«

Jetzt weiß ich, warum mein Vater gerade so glücklich war.

Hanna sagt jetzt nichts mehr, ich auch nicht, und als ob dieses telefonische Schweigen nicht schon peinlich genug wäre, fällt mir auf, dass ich zu meiner Schlafanzughose ein altes T-Shirt von der Bundesgartenschau 1997 in Gelsenkirchen trage.

Mich haben diese Klamotten noch nie gestört, aber jetzt fühle ich mich darin auf einmal unwohl und ertappt. Ich fürchte, dass meine Stimme sehr deutlich nach Bundesgartenschau 1997 klingt, nach Gelsenkirchen, einem großen Rosenbeet, und überhaupt ist es mir furchtbar unangenehm, zu dieser hellen Uhrzeit noch im Bett zu liegen.

Dann, nach einer Ewigkeit, ist die Stille endlich vorbei.

Hanna sagt etwas.

»Und jedenfalls«, erklärt sie mir, »wollte ich mal fragen, ob du mir die Stadt zeigen kannst. Am besten gleich heute. Hast du zufällig Zeit?«

»Was, wie bitte? Du meinst – diese Stadt hier? Bist du dir da ganz sicher?«

Ebenso gut hätte sie fragen können, ob ich ihr eine besinnliche Ballade eines Heimatdichters vorlesen oder eine Verkostung unserer fünfundzwanzig Erkältungsteesorten anbieten könnte, das wäre annähernd so langweilig wie eine Besichtigung unserer Stadt.

»Ja«, sagt Hanna ruhig. »Ich bin mir ganz sicher, dass ich diese Stadt hier meine. Irgendwas muss es hier doch geben. Ich habe es leider nur noch nicht gefunden.«

»Na ja«, sage ich und winke ab, obwohl sie mich nicht sehen kann. »Alles, was es hier gibt, kennst du schon. Mehr wirst du leider nicht finden.«

»Glaub ich nicht. Kann gar nicht sein. Da ist immer irgendwas. Überall ist immer irgendwas.«

»Du warst schon überall?«

»Ja. Überall. Und da war immer irgendwas.«

Draußen vor meiner Zimmertür ist jetzt auch etwas, draußen vor der Tür ist meine Mutter. Sie klopft und sagt, dass sie Carlo vom Fußball abholt, und ich rufe *Ja, okay!* und dass auch ich gleich weg bin. Ich merke sofort, wie sich meine Mutter draußen wundert, ich kann es an ihren Schritten hören, die für ein paar erstaunte Sekunden aussetzen, und an ihrem »Äh?«, das jetzt einsetzt, es ist beinahe so, als würde der ganze Sonntag *Äh?* sagen, wo er mich doch sonst nur zu Hause vorfindet und sich längst daran gewöhnt hat.

»Sehr gut!« Hanna, die die Worte an meine Mutter gehört haben muss, lacht. »Ich wusste, dass du es kapierst. Wann wollen wir uns treffen?«

Ich brauche noch ein wenig Zeit, weil ich ohne die Bundesgartenschau zum Treffpunkt gehen will und weil ich mir auch noch überlegen muss, was in meiner Stadt *nicht* langweilig ist, das könnte eine Weile dauern. Also sage ich: »Wir treffen uns da, wo du neulich verschwunden bist. Ecke Grisebachweg. Um eins.«

»Gut, alles klar, bis gleich«, sagt Hanna, dann legen wir auf, und ich halte dieses merkwürdige Telefon noch eine Weile in beiden Händen, schwarz und still liegt es in meinen verschwitzten Handtellern, seine Zahlen sind stumm, ihm fehlen die Worte.

Es ist jetzt wieder ein verletzter Vogel geworden.

9

Seit der Astroverein ausgestorben ist, interessiert sich keiner mehr für die alte Sternwarte, ausgenommen die Leute von *Sykora Immobilien,* die überall in der Stadt ihre *Reserviert*-Schilder aufgehängt haben, sogar an den vier Gebäuden hier: am Heizungshaus, am Astrografengebäude mit seiner grünen Kuppel, am Sonnenturm und am Spektroheliografenhaus. Die Namen sind das Beste an diesen Häusern, obwohl sie niemand, der etwas auf sich hält, aussprechen kann. Früher, als ich noch klein war, hat der Vater von Marktleiter Pollmann hier Führungen gemacht. Marktleiter senior war eines der letzten Mitglieder des Astrovereins, es ist ewig her.

Seitdem bin ich nicht mehr hier gewesen. Die Gebäude sind verfallen, sie müssen sich in den letzten Jahren zu Tode gelangweilt haben, und wer will es ihnen verdenken? Ich wäre hier auch verfallen. Selbst die Graffiti-Wörter sehen irgendwie abgebrochen aus, wie nicht zu Ende geschrieben, ungefähr so, als wären ihre Sprayer beim Schreiben eingeschlafen.

Trotzdem habe ich Hanna hierhergebracht. Die alte Sternwarte könnte das Einzige sein, das sie in unserer überschaubaren Stadt noch nicht kennt, und alte Sternwarten sind allemal besser als alte Mostereien und neue *Future Technology Inc.*-Fabriken. Und ich bereue es schon jetzt und habe keine Ahnung, wie ich auf diese Idee kommen konnte.

»Schön hier«, sagt Hanna und ich weiß nicht, ob es ironisch gemeint ist. Sie holt ihr Buch aus ihrer Umhängetasche, knallt es auf die Treppe vom Astrografengebäude und setzt sich dann auf *Gotische Kirchen bei Lichte besehen,* sodass kein Fünkchen Licht mehr rankommt. Für ein paar Sekunden schaut sie um sich, als ob sie jemanden suchen würde, einen Wanderer vielleicht, der sich irgendwo zwischen den Bäumen des Sternwartenhügels bewegt. Ganz kurz sieht sie sogar ängstlich aus, aber da kann ich mich irren. Dann zeigt sie, ohne hinzusehen, hinter sich auf das *Reserviert*-Schild von *Sykora Immobilien* und sagt: »Echt nett, dass du vorher angerufen und eine Treppe für uns reserviert hast. War bestimmt nicht leicht, noch einen Platz zu kriegen. Hier ist sonst immer alles ausgebucht, oder?«

Ich will etwas Lustiges antworten, mir fällt nur nichts ein, also sage ich bloß: »Ja, hier oben auf dem Hügel ist immer viel los«, und Hanna nickt verständnisvoll. Obwohl sie eine Spur unruhig ist, scheint sie heute völlig normal zu sein, anders als in der Schule, wo sie die meiste Zeit ein stummes, verstecktes, einzelnes Wesen ist, und ich will lieber nicht darüber nachdenken, warum sie heute mit mir redet.

Über gar nichts will ich jetzt nachdenken.

Ich setze mich neben Hanna auf die Treppe und höre ihr Handy vibrieren, mindestens zum zwanzigsten Mal seit der Grisebach-Ecke, und zum mindestens zwanzigsten Mal achtet sie nicht darauf. Sie formt ihre Hände zu einem zu kurz geratenen Teleskop und schaut sich am grauen Novemberhimmel all die nicht vorhandenen Sterne an.

»Woher hattest du eigentlich meine Nummer?«, frage ich in ihre Beobachtung hinein.

Hanna formt ihr Teleskop wieder zu zwei Händen, sieht mich an und antwortet: »Von der Klassenliste. Es war die einzige Festnetznummer. Wusste gar nicht, dass es so was noch gibt. Bisschen schräg, oder?«

»Ja. Kannst du laut sagen.« Ich überlege kurz, ob ich ihr erzählen soll, *wie* schräg mein Vater ist, aber ich lasse es lieber.

Denn auf einmal tun sie mir beide leid, mein Vater und Hanna, ausgerechnet jetzt, wo alles gut und normal ist. Ich sehe Hanna neben mir sitzen, vollkommen anders als in der Schule, sie ist *da*. Und dann, ganz plötzlich, fällt mir etwas ein, mir wird etwas klar, ich weiß jetzt etwas.

»Was ist«, fragt Hanna, »was ist denn los mit dir?«

Ich kann ihr nicht sagen, was los ist, denn gerade habe ich gedacht, dass es mir völlig egal ist, ob jemand ein ausgedachtes Leben hat oder nur sein eigenes oder ob jemand sogar in tausend ausgedachte Leben eingewickelt ist wie eine slowenische Kohlrouladenfüllung, das alles spielt überhaupt keine Rolle, wenn es tief drinnen noch etwas anderes gibt. Irgendwas, das die Wahrheit ist. Ungefähr da, wo bei der Kohlroulade die Möhrenstückchen sind und der Reis und das Hackfleisch, in der Mitte von allem.

»Gar nichts ist los«, sage ich zu Hanna. »Ich habe nur gerade an slowenische Kohlrouladen gedacht. An alles, was da drin ist. Keine Ahnung, wieso mir das eingefallen ist. Liegt bestimmt daran, dass ich Hunger habe.«

»Tja, kann passieren. Und wie schmecken die?«

»Gut, glaube ich. Aber man muss die in Slowenien essen. Oder in anderen Ländern. Nur eben nicht bei uns daheim.«

Dann erzähle ich ihr von den internationalen Wochen und davon, dass es einmal sogar spanisches Eichelschwein gab, das aber gar nicht aus Spanien kam und wahrscheinlich noch nie eine Eichel gesehen hatte.

Es ist mir egal, ob mich Hanna gleich auslachen oder ob sie einfach nur den Kopf schütteln wird. Aber nichts davon tut sie, im Gegenteil, sie scheint die Idee meiner Mutter sogar richtig gut zu finden.

»Lädst du mich mal ein, wenn ihr wieder so eine Woche habt? Ich meine, irgendwann mal?«

»Machst du Witze? Du kennst meine Mutter nicht! Und vor allem nicht ihre Kochkünste!«

»Ist mir egal. Also was ist, lädst du mich ein?«

Nie im Leben, denke ich, niemals! Allein schon die Vorstellung ist mir peinlich. Aber ich sage es nicht, ich sage überhaupt nichts mehr zu diesem Thema. Stattdessen frage ich: »Was ist das eigentlich für ein Buch, das du die ganze Zeit mit dir rumschleppst?«, und zeige auf ihr sitzendes Hinterteil und auf *Gotische Kirchen bei Lichte besehen*.

»Es heißt *Gotische Kirchen bei Lichte besehen*«, antwortet Hanna und zieht das Buch mit einem Ruck unter sich hervor, wischt die fehlende Staubschicht vom Cover, poliert es mit dem Ärmel und betrachtet es so interessiert, als würde sie es gerade zum ersten Mal sehen.

»Aha. So heißt es also. Klingt ... interessant«, sage ich. »Ist es gut? Ist es schon verfilmt worden? Würdest du das Buch, also, würdest du es empfehlen?«

Hanna schaut mich etwas entgeistert an und tippt sich dann an die Stirn. »Gotische Kirchen, was, bist du wahnsinnig? So was liest doch keiner freiwillig! Das ist das ödeste Buch, das mir je untergekommen ist. Nicht mal Fotos sind da drin, nur so Zeichnungen, alles schwarz-weiß.«

»Und ...«

»Du meinst: Warum ich es trotzdem dabeihabe? Na ja. Das Buch ist mein Zuhause. Mein einziges Gepäck. Wenn das Haus brennt, nehme ich nur das Buch mit. Es kommt immer mit. Ich würde es nie zurücklassen, das kannst du mir glauben.«

Dann erzählt sie mir, wie sie das Buch vor Jahren auf einer Parkbank gefunden hat. Sie war damals vier oder fünf und das Buch schon mindestens hundert, und obwohl sie noch nicht lesen konnte, hat sie das Buch mitgenommen und sich vorgestellt, worum es in dem Buch geht; die gezeichneten Kirchen waren für sie Königsschlösser, der Rest konnte also nur aus Prinzessinnen bestehen.

Hanna lächelt mich an. »Na ja, war ein ziemlicher Reinfall, als ich dann kapiert habe, worum es wirklich geht. Nämlich um gotische Kirchen. Überraschung! Tja, und jetzt komm ich nicht mehr raus aus der Nummer. Ich nehme das Buch immer mit, es ist das einzige, was ich habe, und jedes Mal habe ich es als Erstes eingepackt, also bei jedem …«

Dann verstummt Hanna, obwohl ich weiß, dass sie *Umzug* sagen wollte, ihre Lippen haben sogar schon fischmäulig ein U angefangen. Aber ich frage nicht nach und Hanna macht auch gleich weiter im Programm.

Im Kirchenprogramm.

»Eine Sache gefällt mir aber«, sagt sie und schließt kurz die Augen. »Das Licht mag ich. Das Licht in den Fenstern. Das bunte Sonnenlicht aus Glas.«

Dann erzählt sie mir von den riesigen Kirchenfenstern, die innen so schön leuchten, wenn von draußen das Licht auf sie fällt, sie beschreibt die Bilder auf den Fenstern und die tausend Farben und dass da angeblich Gott durchscheint, für sie ist es aber nur Licht, das reicht ja auch schon, was will man mehr.

Hanna erzählt mir so viel vom bei Lichte besehenen Licht, dass man denken könnte, sie würde in allen Sommerferien als gotische Fensterputzerin arbeiten. Aber dann sagt sie tatsächlich, dass sie noch nie so ein Fenster gesehen hat, nie ein echtes, und dass sie auch in unserer Stadt nirgendwo eines gefunden hat und einiges dafür geben würde und jetzt übrigens dringend mal ein Klo bräuchte.

»Äh, was? Ein Klo? Hier? Das ist eine Sternwarte!«

Es ist verrückt, wie schnell mich Hanna von den gotischen Fenstern und dem bunten Sonnenlicht wegziehen konnte, und dann auch noch in Toilettenrichtung. Ich sehe, wie Hanna neben mir ungotisch mit den Beinen wackelt, und ich weiß nicht, was ich sagen soll und ob ich ihr die Rückseite des Heizungshauses oder eine der blickdichten Tannen da drüben empfehlen soll, aber sie winkt schon ab.

»Na ja, macht nichts. Ich halte es schon noch aus.«

Es wird still um uns, still in uns, wir sagen nichts mehr, es gibt ja nichts zu sagen. In der Ferne höre ich Autos, Hannas Handy vibriert und in der Nähe zwitschert ein Vogel, aber lustlos und winterlich, vielleicht hat er den Abflug nach Süden verpasst. Ich sehe eingetrockneten Schlamm auf Hannas Turnschuhen, Pfützendreck, Regendreck, ihre Füße wackeln nicht mehr.

Erst jetzt merke ich, wie sehr ich friere, die Treppenstufen des Astrografengebäudes sind eiskalt. Wie gern hätte ich ein buchförmiges Sitzkissen! Aber ich lasse mich frieren, lasse mich schweigen, selbst Hanna hat sich nicht wieder auf ihre *Gotischen Kirchen* gesetzt. Wir müssen hier schon ewig sein, denn es beginnt langsam zu dämmern, die Sternwarte kriegt das letzte Licht des Tages ab.

Es ist noch nicht dunkel, aber dunkelgrau, dunkel genug. Und noch nie hat es mir so wenig ausgemacht, mit jemandem dazusitzen, den Mund zu halten und dabei trotzdem alles zu sagen, keine einzige Sekunde ist es mir unangenehm, es ist bloß still, nur leise ist es, wir sind zur richtigen Zeit am richtigen Ort, und –

»Mann, Josef!«

Hanna brüllt es nicht wie neulich bei Herrn Wittstocks Knallgasprobe, sie flüstert es fast, ich weiß aber, dass es laut gemeint ist. Ich weiß auch, dass ich keine Schuld habe, keine Schuld haben kann, egal woran. Und ich erschrecke entsetzlich, mein Herz klopft wie eine kaputte Heizung in einem uralten Haus, das mir persönlich bekannt ist.

Hanna springt auf, schnappt sich ihr Buch und zittert, totenbleich steht sie da, als würde sie nur noch aus Angst und gotischen Kirchen bestehen, und ich verstehe überhaupt nichts mehr, eine ganze Weile lang sitze ich auf dem Schlauch.

Erst dann sehe ich sie kommen.

Viel später als Hanna.

Weit hinten kommen zwei Männer den Hügel hoch und gehen in unsere Richtung. Ich begreife sofort, dass wir verschwinden müssen. Zu Hanna, die neben mir wie erstarrt auf der Treppe steht, sage ich von unten nach oben: »Komm, na los, andere Richtung, schnell«, dann stehe ich auch auf und die Männer kommen näher und wir laufen los, die Treppe runter und weg vom Astrografenhaus.

Wir nehmen einen anderen Weg als vorhin, Hanna rennt um ihr Leben und auch ich renne um Hannas Leben, obwohl ich keine Ahnung habe, was das sein soll und vor wem sie es beschützen will. Sie sieht immer noch blass und erschrocken aus und so, als könnte sie sich nie mehr von diesem Schreck erholen, wir rennen und rennen, rennen den Hügel hinab und durch die angrenzende Siedlung, rennen immer weiter.

Obwohl ich ein paar Meter vor Hanna laufe, kann ich sie nicht mehr erreichen. Sie ist in ihrer Angst verschwunden, hat sich in ihr aufgelöst wie in einem Regenguss. Also rufe ich das Erstbeste, was mir in den Sinn kommt und was sicherlich jeder in so einer Situation rufen würde, ich rufe: »Gleich da vorn wohnt meine Oma. Also, wenn du willst, kannst du da aufs Klo.«

10

Als Hanna aus dem Bad kommt, sieht sie mich so ruhig an, als wäre sie das erste Mal seit Tagen in Sicherheit, das erste Mal, seit ich sie nicht kenne. Sie schließt vorsichtig die Tür, was kein Problem ist, weil das Haus meiner Großmutter moderner und heiler ist als unseres, nichts klemmt hier, wenig erinnert an Denkmalschutz, alles funktioniert, und überall riecht es nach Äpfeln und Parfüm. Hanna hält die flache Hand an die Badtür, macht die Augen zu, und ich muss daran denken, wie oft sie diese Augen schon zugemacht hat und dass das für sie vielleicht das Gleiche ist wie ein halbdurchsichtiges Versteck im strömenden Regen.

Nach ein paar Sekunden öffnet Hanna die Augen wieder, verlässt sie ihr Versteck. Die Hand, die eben noch mit der Tür verbunden war, legt sie auf ihr gotisches Kirchenbuch, so als hätte sie vor, darauf zu schwören wie auf eine Bibel. In der Küche kann ich meine Großmutter singen hören, sie begleitet ihren Gesang mit laut klappernden Tassen, es klingt nach gefährlicher Hobby-Operette. »Komm«, sage ich zu Hanna, die jetzt unschlüssig im Flur steht, »lass uns mal in die Küche gehen. Aber ich warne dich, meine Oma probiert mal wieder ihre Kaffeemaschine aus. Und ihre Stimme.«

Hanna lässt es geschehen.

Sie folgt mir, trottet mit schweren Schritten hinter mir her und ich kann fühlen, wie sie über die vielen Möbel und Sachen staunt, mit denen meine Großmutter das von außen so ordentliche Haus vollgestopft hat, weil sie leider nichts wegschmeißen kann. Als wir in der Küche ankommen, schluckt meine Großmutter erschrocken ihre Operette runter, räuspert sich und sagt dann völlig überraschend: »Ich habe meine Kaffeemaschine ausprobiert. Was ist? Crema Spezial gefällig?«

Diese Frage stellt sie jedes Mal, wenn ich hier bin, in diesem Wortlaut, obwohl die Kaffeemaschine eindeutig ein Automat ist und sie diesen Kaffeeautomaten schon seit Jahren hat. Meistens antworte ich: »Du weißt doch, ich trink keinen Kaffee, da kann man nichts machen«, auch jetzt sage ich das, aber erstaunlicherweise ist Hanna anderer Meinung und flüstert: »Ja, Crema gefällig, gerne Spezial«, keine Ahnung, warum sie das so leise und auf so eine ergriffene Weise sagt, ängstlich wirkt sie jedenfalls nicht mehr.

Sie scheint sogar Vertrauen gefasst zu haben, und zwar ausgerechnet zu meiner abweisenden Großmutter, die an ihrem viel zu modernen Kaffeeautomaten herumfuchtelt und ein flattriges Oberteil mit Leopardenmuster, kurze schwarz gefärbte Haare und ein dickes blaues Brillengestell trägt. Die nicht viel von einer Großmutter hat, nichts Gemütliches jedenfalls. Nichts mit Schürze und mit altertümlichen Gemüsesuppen im Topf. Die stattdessen klein und drahtig ist und darauf bedacht, bis an ihr Lebensende immer genau fünfzehn Jahre jünger zu wirken, als sie zufällig gerade ist.

Ich habe es sofort bereut.

Gleich nachdem ich Hanna den Vorschlag gemacht habe, zu meiner Großmutter zu rennen, ist mir klar geworden, was für eine schlechte Idee das ist, noch während des Laufens habe ich das gewusst, aber da war es schon zu spät. Und jetzt sind wir hier und ich warte auf meine *Sätze,* warte auf das, was meine Großmutter sonst immer zu mir sagt: dass ich mehr aus mir machen und dass ich mir mehr aus anderen machen soll und ob meine Mutter uns wieder zu irgendwelchen maledivischen Wochen zwingt und ob sie Carlo mit ihrem Essen vergiftet hat oder warum lässt er sich nie bei ihr blicken? Ich warte auf meine Ration Sätze und weiß, dass ich mich fürchterlich vor Hanna schämen würde, wenn diese Sätze jetzt wirklich kämen. Aber meine Großmutter denkt gar nicht daran.

Ihre Sätze, die schenkt sie heute nicht mir.

Und sie sind viel freundlicher als sonst.

Den ersten sagt sie, als wir am Küchentisch sitzen und Hanna sich die Hände an ihrer Kaffeetasse wärmt und ständig verstohlen aus dem Fenster schaut, so als würden die beiden Männer von vorhin draußen vorm Haus stehen und höflich darauf warten, dass Hanna ein paar Stücke vom altmodischen Würfelzucker meiner Großmutter in die Tasse fallen lässt und dann endlich ihren neumodischen Kaffee austrinkt.

Der erste Satz, den meine Großmutter verschenkt, ist der einfachste aller Sätze und gleichzeitig der komplizierteste, sie sagt: »Und du bist also Hanna.« In einem normalen Leben wären diese paar Worte ungefähr so harmlos und so sinnlos wie die Feststellung, dass Hanna also auf einem Stuhl sitzt und ihre Hände um eine Kaffeetasse presst und ab und zu aus dem Küchenfenster schaut. Denn ich habe Hanna ja längst vorgestellt, und da das Gehirn meiner Großmutter angeblich ebenfalls fünfzehn Jahre jünger ist als sie selbst, müsste sie das eigentlich noch wissen.

Aber es ist kein normales Leben.

Es ist Hannas Leben.

Vielleicht.

Und nachdem meine Großmutter also festgestellt hat, dass Hanna Hanna ist, runzelt die Angesprochene die Stirn, jeden einzelnen ihrer Gedanken legt sie in Falten, zumindest sieht das von außen so aus. Dann presst sie ihre Hände fester um die Tasse, sodass ein wenig vom Crema Spezial auf die *Gotischen Kir-*

chen schwappt, und schaut meine leopardische Großmutter mit jetzt versteinertem Gesicht an.

Und auch wenn man denken könnte, dass meine Großmutter Hannas Versteinerung begriffen hat, macht sie einfach weiter und fragt nach ihren Eltern und deren Berufen und wieso sie Hanna eigentlich erst jetzt kennenlernen darf, sie fragt so lange und so gnadenlos weiter, bis Hanna, die keine einzige der Fragen beantwortet hat, zu weinen anfängt. Aus ihrem versteinerten Gesicht kommen stille Tränen, Rinnsale, die einen Felsen hinabfließen, Hanna ist ein regnender Stein. Sie wischt sich die Tränen weg und es sieht aus, als würde sie dabei ihre eigene Wange streicheln, als würde sie sich selbst trösten, weil es hier sonst keiner hinbekommt.

Und da, viel zu spät, versteht es auch meine Großmutter. Immerhin handelt sie sofort, nur leider nicht in meinem Sinne, denn sie sagt: »Josefin, worum ich dich schon die ganze Zeit bitten wollte: Geh doch bitte mal raus in den Garten und stell mir die Gartenmöbel in den Schuppen. Die vergammeln sonst noch. Du weißt doch, ich schaffs nun mal nicht alleine, ich kann nicht mehr so schwer tragen wie früher.« Sie tut jetzt so, als wäre sie genauso alt, wie sie auch ist, und ich fühle selber Tränen hinter meinen Augen, behalte sie aber alle für mich, lasse sie wieder zurückfließen, zurück in meinen gekränkten Kopf.

»Josefin, ich verlass mich auf dich«, ruft mir meine Großmutter noch hinterher, und im Hinausgehen zucke ich gleichgültig mit den Schultern, bezweifle aber sofort, dass es besonders würdevoll ausgesehen hat. Und am liebsten würde ich zu meiner Großmutter sagen, dass sie es bitte lassen soll und dass sie noch nie besonders gut darin war, andere Leute zu trösten. Mich zum Beispiel. Aber dann sage ich doch nichts, ziehe einfach nur im Flur meine Jacke an und gehe durchs Wohnzimmer auf die Terrasse und hinaus in den Garten.

Ich bin verbannt worden.

Es ist stockdunkel jetzt, dabei hat der Abend noch gar nicht angefangen, es ist höchstens später Nachmittag. Ein schwacher, kalter Wind fährt durch meine Haare und durch die ausgefransten tibetischen Gebetsfahnen. Sie hängen an einer Leine, die quer durch den Garten gespannt ist, und stammen nicht aus Tibet, dafür aber aus *Chakra Chakra*, dem einzigen modernen Laden unserer Stadt. Die Schnur mit den Stofffetzen sieht unpassend aus und ungefähr so, als würde meine Großmutter ihre Wäsche sogar im Spätherbst draußen aufhängen.

Noch viel seltsamer kommen mir aber die Gartenmöbel vor, die ich in den Schuppen tragen soll. Denn diese Gartenmöbel sind enorm schlecht zu sehen, durchsichtig sind sie, so gut wie unsichtbar. Auf dem kurzen Dezemberrasen stehen nur ein klappriger Plastikstuhl und ein kleiner Holztisch, ansonsten kann ich weit und breit nichts entdecken, das man irgendwie schleppen müsste, nur mein schwer gewordenes Herz, nur die Wut auf meine Großmutter.

Ich trage den Stuhl und den Tisch in den Schuppen, der aber ein kleines Fertiggartenhaus aus dem Baumarkt ist und in dem nichts steht als die restlichen Gartenmöbel, eine verschlossene Truhe und mehrere Körbe mit Äpfeln. Seit die Mosterei geschlossen wurde, hat meine Großmutter ein Apfelproblem, das zu groß ist für ihren kleinen Keller, deshalb verteilt sie die Äpfel überall und hofft, dass wenigstens ein paar von ihnen auch außerhalb des Kellers überleben.

Und da sitze ich.

Ich sitze auf einem Gartenstuhl in einem Schuppen, der gar kein Schuppen ist und von meiner Handytaschenlampe schwach beleuchtet wird, ich sitze hier und esse einen Apfel. Wahrscheinlich gibt es auf dieser Welt nichts Normaleres, als auf einem Gartenstuhl zu sitzen und einen Apfel zu essen, man merkt es nicht, weil es so gewöhnlich ist, und man wird es in ein paar Stunden wieder vergessen haben.

Wenn die Dinge so sind, wie meine Mutter behauptet hat und wie ich manchmal selber glaube, dann ist alles Normale, das Hanna tut, das Gegenteil von normal. Weil es jedes Mal das Letzte sein könnte, das sie tut. Und ich glaube, dass man immer gefunden werden kann, immer. Sogar dann, wenn man auf einem Gartenstuhl sitzt und einen Apfel isst. Man kann entdeckt werden, wenn man auf einem Gartenstuhl sitzt und einen Apfel isst, man kann erschossen werden, wenn man auf einem Gartenstuhl sitzt und einen Apfel isst, bitte nicht.

Bitte!

Hier wird keiner erschossen.

Kurz, sehr kurz, fühle ich mich aufgehoben in diesem Apfelduft und in der muffigen Schuppenkälte, so wie abends manchmal, wenn ich merke, dass meine Mutter mein Bett frisch bezogen hat, und wenn ich weiß, dass es auf der ganzen Welt keinen sichereren Ort als dieses Bett mit dieser sauberen Bettwäsche gibt. Niemand kann mir was tun, niemand kann mich übersehen, und nie mehr werde ich dieses Bett mit der frisch gewaschenen Bettwäsche verlassen.

Aber dann stelle ich mir vor, wie die beiden in der Küche sitzen, Hanna und meine modische Großmutter, ich stelle mir vor, wie sie sich blindlings und nur mit Crema-Spezial-Aroma verstehen, und dass sie schweigen, weil man sich auf diese Weise nicht *selbst* ausplaudern kann und weil man nicht zugeben muss, dass alles an einem tausendmal gelogen ist.

Und weil man so kein Versprechen geben kann.

Geben muss.

Apfel Nummer zwei, und mir wird langsam kalt. Wenn ich ein anderes, ein erfundenes Leben leben müsste, zum Beispiel ab übermorgen, dann würde ich dafür sorgen, dass es nicht in einem Fertiggartenhaus aus dem Baumarkt stattfindet. Nicht auf einem wackeligen Plastikstuhl.

Es wäre ein Leben, in dem ich mich von niemandem aus dem Haus lügen lassen würde und in dem sich niemand auf mich verlassen könnte, in keiner Sekunde. Ein Leben wäre das mit nicht klemmenden Türen und ohne internationale Wochen und ohne den Menschen, der ich selber bin.

So wäre das, wenn ich ein anderes Leben leben dürfte.

Ab übermorgen.

Was hat sich meine Großmutter denn vorgestellt? Dass sie ein paarmal an Hanna rüttelt, an ihrem Schweigen und ihrer Verzweiflung und womöglich noch an ihrem Namen, und dass danach alles sofort besser wäre?

Ich sitze hier im Wartezimmer und hoffe, dass ich bald aufgerufen werde im traurigen Taschenlampenlicht meines Handys, Apfel Nummer drei, und ich kaue und warte, *Josefin, genannt Josef, einmal ins Labor bitte!*, aber niemand ruft mich auf, niemand nennt mich Josef und ich warte und kaue und friere,

Schluss.

Schluss.

Ich gehe wieder nach draußen, schmeiße den halben dritten Apfel in den Garten und zittere mich unter den *Chakra Chakra*-Fahnen zurück ins Haus, meine Hände sind eisig und klebrig, gewartet habe ich jetzt lange genug. Ich habe meiner Großmutter und Hanna eine Zeit ohne mich geschenkt, oder nur einem von beiden, wem? Und es gibt bessere Geschenke, so viel ist sicher. Vor allem für den, der sie macht.

Als ich die beiden in der Küche sehe, könnte ich nicht sagen, wer von ihnen die Zeit dringender gebraucht hat, *Leopar-*

denoma, denke ich, ja, was ich sehe, ist eine Leopardenoma, die einen fremden, ungepunkteten Enkelleoparden beschützt, zwei Unnahbare, die nah beieinandersitzen und nah beieinander ohne Worte sind.

Die sich gegenseitig zu trösten scheinen.

Einfach nur, indem sie dasitzen.

Tröstung Spezial.

Und warum?

Ich fühle einen kleinen Stich und rufe nicht: *Sie wird doch schon beschützt, das ist es ja, du musst nicht auf sie aufpassen, das macht schon jemand anderes!* Stattdessen setze ich mich still dazu und meine Großmutter sieht zu mir und fragt: »Sind die Gartenmöbel alle drin?« Ich antworte: »Ja, ungefähr seit September«, aber sie geht nicht darauf ein, und auf einmal, wie aus dem Nichts, bin ich erleichtert darüber, dass Hanna vermutlich Leute hat, die auf sie aufpassen, und dass so ein Zeugenschutzprogramm besser ist als überhaupt kein Schutz, auch wenn Hannas Bewacher vermutlich meistens Urlaub haben oder sich in unserer Stadt noch nicht so gut auskennen und sich ständig verlaufen.

Waren es am Ende die beiden Männer an der Sternwarte? Ist Hanna ihren eigenen Beschützern davongelaufen? Ihr Handy vibriert schon wieder und ich rechne damit, dass sie auch zum tausendsten Mal nicht rangeht. Aber da steht sie auf, schiebt dabei den Stuhl mit ihren Kniekehlen gefährlich dicht an die teure Landhaustapete meiner Großmutter und schaut zu uns Verwunderten, zu uns Sitzenden herunter.

Es sieht aus, als würde sie das Handy gleich in die große Obstschale schleudern oder in die Spüle oder am besten gleich durchs Küchenfenster, mit einem einwandfreien Schlagwurf direkt durch die Scheibe.

Aber dann entscheidet sie sich für etwas mit weniger Scherben und nimmt den Anruf nun doch an. Und ohne die Worte des Anderen abzuwarten und mit einem genervten, leicht zornigen Gesicht sagt sie: »So. Ich bin bei Josefs Oma. Ich bin jetzt mal bei Josefs Oma. Wenn ich schon selber keine haben darf.«

11

In den nächsten Tagen taucht Hanna wieder unter. Selbst dann, wenn sie neben mir sitzt oder neben mir zur Schule geht. Es ist, als hätte es die Sternwarte und den Crema Spezial meiner Großmutter nie gegeben und als würde ich mir die Erinnerung daran nur einbilden. Als hätte sie irgendwer in mein Gehirn gepflanzt.

Schon als wir an jenem dunklen Nachmittag wieder nach Hause gegangen sind, ist Hanna anders zu mir gewesen, anders als in den Stunden zuvor und sogar anders als in den Wochen, in denen ich sie kennengelernt habe, etwas wütender, vorwurfsvoller, auch wenn sie mir das eher auf die stille Tour gezeigt hat.

Ihre Tour.

Und es ist noch nicht vorbei.

Morgens wartet sie stumm auf mich an der Grisebach-Ecke, nachmittags gehen wir zusammen nach Hause, mit höchstens anderthalb Sätzen pro Kilometer. An guten Tagen. Und jedes Mal ist Hanna diejenige, die ohne Abschied verschwindet und abbiegt, abrupt und ohne das kleinste Nicken, sie schaut mich nicht mal dabei an. Und fort!

Noch immer achtet sie darauf, dass sie auf unserem Schulweg innen läuft und nicht am Rand des Bürgersteigs, wo sie von den Autofahrern gesehen werden könnte. Bestimmt gibt es aber einen ganz anderen Grund dafür, kann ja sein, dass sie allergisch gegen Außenseiten aller Art ist, das würde mich jedenfalls nicht wundern.

Gar nichts wundert mich mehr.

Wenn es auf unseren Schulwegen nieselt, versucht Hanna

weiterhin, die lästigen Tropfenschwärme zu verjagen, wenn es aber richtig regnet, lässt sie sich nass werden und weigert sich, mit unter meinen Schirm zu kommen. Alles wie gehabt. Sie redet nicht viel in dieser wässrigen Woche, und sie hat aufgehört zu lachen. Ihre Fröhlichkeit war mir aber sowieso nicht geheuer.

Ich weiß nicht, was mit ihr los ist und warum sie seit dem Nachmittag bei meiner Großmutter schon wieder so seltsam ist. Seit dem Anruf. Und langsam, sehr allmählich, verliere ich die Geduld. Aber ich merke es nicht, jedenfalls nicht sofort. Ich merke es erst an dem Tag, an dem sich diese Geduld vollständig aufgelöst hat wie in einem von Herrn Wittstocks gewagten Experimenten, nur ohne Knall.

Und fast ohne Schrei.

Schon am Vormittag dieses unglückseligen Tages ist alles anders. Im Erdkundeunterricht lässt Frau Mattai die Steine diesmal schon nach der Hälfte der Stunde bestimmen, und es gibt sogar einen Zufallstreffer, jemand ruft »Porphyr«, ein Anderer fragt »Wofür?«, und niemand lacht und Hanna hat ihren Kopf wie immer auf *Gotische Kirchen bei Lichte besehen* abgelegt und lacht am allerwenigsten.

Seit sie in unserer Klasse ist, hat sie die meisten Schulstunden mit dem Kopf auf den Kirchen zugebracht, trotzdem sind ihre Noten gut, zumindest die schriftlichen. Wenn man Hanna aufruft oder ermahnt, reagiert sie mittlerweile schon beim zweiten Mal auf ihren Namen, manchmal sogar sofort, auch wenn sie dabei meist verschlafen oder verwundert aussieht, so als hätte sie mit der ganzen Sache nichts zu tun.

Mit diesem ganzen Namen.

Wie viel sie ansonsten vom Unterricht mitbekommt in ihrem Versteck aus Rücken und Armen, ihrem Versteck aus *sich selbst,* das habe ich noch nicht herausgefunden, die Ankündigung von Herrn Wittstocks Knall war ihr damals auf jeden Fall entgangen.

Als Frau Mattai heute aber Organisatorisches mit uns besprechen will, da merke ich, dass sich Hanna wirklich im Klassenzimmer befindet und dass jedes der organisatorischen Wörter auch in Hannas Versteck landet. Frau Mattai sagt: »Ihr wisst ja, morgen ist Theatertag«, und überall in der Klasse wird leise gestöhnt und geflucht, auch ich bin nicht besonders begeistert und würde Hanna am liebsten zuflüstern, was ihr bevorsteht.

Immer im Dezember führt Frau Pichokis Theater-AG ein Stück auf, und zwar abwechselnd eines von Shakespeare und eines von Volker Ziese, einem Dramatiker aus der Region, der in Wahrheit aber nur der Schwager von Frau Pichoki ist. In diesem Jahr ist wieder Shakespeare dran, *Ein Sommernachtstraum*, und zwar ausgerechnet im Dezember. Und weil wir uns sowieso nicht dagegen wehren können, macht sie gleich mit dem Üblichen weiter, und das Übliche heißt: Datenschutz.

Das Übliche ist der Fotograf der Lokalzeitung.

Frau Mattai sagt, dass wohl auch in diesem Jahr niemand etwas dagegen haben wird, ganz eventuell auf dem schönen Publikumsfoto zu landen, das war ja schließlich noch nie ein Problem, falls aber doch, dann soll man ihr bitte Bescheid sagen und dann zu Hause das Formular ausfüllen lassen, das sie gleich austeilen wird.

Und da merke ich es.

Ich merke es im Augenwinkel und in einem Winkel meines Gehörgangs, sehr deutlich kriege ich mit, wie neben mir Bewegung in Hanna kommt. Nicht geschmeidig und nicht etwa so, als würde sie langsam ihre Gliedmaßen wieder in Betrieb nehmen, sondern entsetzt und ruckartig. Hannas Ganzkörperschreck bringt die Schulbank dazu, sehr leise zu beben, er bringt die *Gotischen Kirchen* dazu, leicht zu wackeln, und er bringt mich,

Josefin, nicht mehr Josef, dazu, einen Arm hochzureißen und laut zu rufen: »Ich!«

»Du?«

Frau Mattai schaut mich irritiert lächelnd an, und ich sage: »Ja, ich. Ich will diesmal nicht aufs Foto. Meine Eltern wollen das irgendwie nicht mehr, keine Ahnung warum. Die sind anscheinend vorsichtig geworden. Datenschutz eben.«

Beinahe hätte ich gesagt: *Zeugenschutz eben.* Und ich weiß nicht, ob Frau Mattai mir glaubt oder ob sie mich sofort durchschaut hat. Zum Glück kann sie nicht wissen, dass meine Eltern mich jedes Jahr auf dem Zeitungsfoto der Theateraufführung suchen und enttäuscht sind, wenn sie mich nicht finden. Nie würden sie mir verbieten, mich fotografieren zu lassen, auch wenn sie sich gern über den Zeitungsfotografen lustig machen, der seit knapp hundert Jahren mit seiner schmutzgrünen Freizeitweste und seiner riesigen Kamera durch die Stadt geistert und alles fotografiert, das er nur halbwegs mit einer Überschrift versehen kann.

»Na ja, also gut«, sagt Frau Mattai und macht sich eine Notiz. Es klingt nicht hundertprozentig überzeugt und ich sehe, dass sie beim Schreiben leicht den Kopf schüttelt, wer weiß, was sie gerade denkt.

In der Klasse ist es unruhig geworden, ein Junge zeigt mir einen Vogel, ein paar andere Schüler haben vielleicht zum ersten Mal mitgekriegt, dass ich auch in dieser Klasse bin. Und auf einmal wird es still, in exakt dem Moment, in dem Hanna ihren Arm hebt und leise sagt: »Also, und ich. Ich auch noch. Ich darf auch nicht mit aufs Foto. Keine Ahnung warum. Datenschutz eben.«

Es sind fast meine Worte. Und ich rechne damit, dass Frau Mattai jetzt ihr minutenlang aufgespartes *In welcher Klasse bin ich denn hier gelandet?*-Gesicht aufsetzt, aber sie nickt nur müde und schreibt wieder etwas auf. Es ist schwer zu begreifen, aber die Klasse scheint Respekt vor Hanna zu haben, niemand hier beleidigt sie, keiner redet über sie, alle lassen sie in Ruhe.

Als die Stunde vorbei ist und ich meine Sachen zusammenpacke, bedankt sich Hanna bei mir, sie bedankt sich, indem sie wütend zu mir sagt: »Und weißt du, was mich am allermeisten an dir aufregt? Was ich nicht mehr ertragen kann? Du guckst dir die Leute nicht an. Du guckst auf der Straße nie jemanden an. Oder hier in der Schule.«

Ich schaue Hanna an, mir wird flau im Magen, was?

»Was?«, höre ich mich wie von weit weg fragen.

»Das nervt mich komplett«, sagt Hanna. »Das nervt mich schon die ganze Zeit.«

Ich weiß sofort, dass sie das nur sagt, um mir wehzutun und alles kaputt zu machen. Dass sie *irgendwas* sagt und dass sie sich ebenso gut über meine Schuhe aufregen könnte oder darüber, dass ich ab und zu atme. Oder dass ich überhaupt existiere. Und weil es mir tatsächlich wehtut und weil ich mich dazu noch ertappt fühle, sage ich: »Wieso? Was meinst du? Ich seh doch alle.«

»Aber du schaust die nicht an. Du guckst denen nie ins Gesicht.«

Es reicht langsam, ich merke, wie mein Herz zuwächst, da kommt nichts mehr durch, nichts und niemand. Vor allem Hanna nicht. Und immer noch viel zu leise sage ich zu ihr: »Hast du sie nicht alle? Das musst gerade du sagen. Ausgerechnet du! Du guckst doch auch niemanden an. Stiefelst wie eine Bekloppte durch den Regen und spritzt alle voll. Glaubst du, das hätte ich nicht gesehen? Glaubst du, das wüsste ich nicht? Und außerdem hab ich meine Gründe, okay?«

Ich müsste jetzt eigentlich gehen, Richtung Toilette oder Richtung Kanada, egal, Hauptsache, weg aus diesem fürchterlichen Gespräch. Ich verpasse aber meinen Einsatz, die Toilette und Kanada müssen ohne mich auskommen, auch wenn es schwer ist. Und schon wieder ist es Hanna, die mich stehen lässt wie ein ausrangiertes Möbelstück, nach dem man sich nicht mal mehr umdreht, weil man es schon zu lange hatte.

Und man könnte jetzt denken, dass es das also gewesen ist, vorbei. Aber am Nachmittag geht Hanna trotzdem wieder neben mir nach Hause. Wenn ich langsamer gehe, wird sie auch langsamer, wenn ich schneller gehe, beeilt sie sich.

Ich sage kein Wort. Ich fühle auch keins mehr. Das wars. Aber dann, nicht mal zehn Meter vorm Grisebachweg, mache ich etwas, das ich eigentlich gar nicht kann und was ich noch nie im Leben getan habe: Ich schreie jemanden an. Brülle ihm direkt ins Gesicht. Zumindest rede ich sehr laut. Eine Spur lauter als sonst. Also brülle ich.

Ohne Vorwarnung bleibe ich stehen, stampfe wie ein kleines Kind mit dem Fuß auf und sage gut hörbar zu Hanna: »Und jetzt pass mal auf. Meine Mutter will dich zu ihrer neuesten internationalen Woche einladen, frag mich bloß nicht, was es zu essen gibt, ich glaub, das willst du auch gar nicht wissen. Wenn es nach mir geht, kannst du bleiben, wo der Pfeffer wächst, ich hab nämlich langsam keine Lust mehr. Aber meine Mutter hat sich das so in den Kopf gesetzt. Mach, was du willst, aber noch mal wird sie dich nicht einladen, da kannst du Gift drauf nehmen. Oder du nimmst gleich das Essen meiner Mutter, ist kein großer Unterschied.«

Tja, und dann.

Dann lasse ich sie stehen und gehe von ihr weg, auch das ist neu, denn ich lasse nie jemanden stehen, gehe nie einfach so weg, laufe nie jemandem davon. Sogar von Marktleiter Pollmann verabschiede ich mich höflich, bevor ich unhöflich vor ihm flüchte. Es fühlt sich nicht gut an, auf diese Weise zu verschwinden, das merke ich jetzt. Es macht mich unruhig, es ist kein Triumph, ich bin eine blutige Anfängerin auf dem Fachgebiet des grußlosen Davongehens.

Und dann ist da noch Hanna, weit hinter mir.

Wie sehr sie vor mir erschrocken ist, denke ich.

Sie ist richtig zusammengezuckt.

Und plötzlich tut sie mir so leid, dass ich mich zwingen muss, nicht umzukehren und *Entschuldigung* zu stammeln oder *Zusagen bitte nur übers Festnetz*. Aber ich bleibe immerhin stehen, schon weit von ihr entfernt, aber nicht weit genug, denn ich höre sie etwas rufen. Ich kann deutlich hören, wie Hanna mir ihre Zusage auch ohne Festnetztelefon hinterherruft und dabei weich und fröhlich klingt: »Ja, na klar komm ich zu euch, sag mir Bescheid, wenn es so weit ist!«

Und ich tue so, als könnte ich sie nicht verstehen und als wäre ich hier nur stehen geblieben, weil mir die Landschaft plötzlich so gelungen vorkommt. Und ohne Hanna durch pantomimische Bewegungen zu zeigen, dass ich ihre rasche Zusage verstanden habe, setze ich mich wieder in Bewegung und versuche mich auf das zu konzentrieren, was wirklich wichtig ist. Darauf, dass ich auf meinen letzten Metern nicht stolpere, und darauf, dass ich den Rücken gestreckt und den Kopf gerade halte. Und dann noch ein bisschen auf die Frage, wie um alles auf der Welt ich es meiner Mutter beibringen soll.

Dass sie Hanna zum Essen eingeladen hat.

12

Meine Mutter schaut mich an, als hätte ich gerade verkündet, dass ich die Schule abbrechen und ab sofort in einer einsamen Waldhütte leben will, um mich dort von Moos, Wurzeln und Bärenbraten zu ernähren. Sie fasst mir erschrocken an die Stirn und sagt: »Mein Kind, was ist los? Du wirst doch nicht etwa Fieber haben?«

»Fieber, wieso? Also: würdest du?«

»Josefin, du hast mich doch noch nie darum gebeten. Glaubst du, ich hätte das nicht gemerkt? Das hier, das ist das erste Mal. Versteh ich nicht. Versteh ich wirklich nicht.«

Mir ist alles so unangenehm, ich kann mich selbst nicht mehr verstehen, mich und meine verrückte Idee, Hanna einzuladen. Oder einladen zu lassen. Ausgerechnet zum internationalen Essen. Erst jetzt, im Gespräch mit meiner Mutter, merke ich, dass es mir einzig und allein darum ging, einfach *irgendwas* zu Hanna zu sagen, irgendwas, auf das sie dringend reagieren musste und auf das kein Mensch dieser Welt etwas Unfreundliches erwidern könnte.

An den Rest hatte ich neulich kurz vor der Grisebach-Ecke gar nicht gedacht, und jetzt stehe ich mittendrin, mitten in diesem peinlichen, unerträglichen Rest, und werde von meiner eigenen Mutter verdächtigt, im Fieberwahn zu reden. Schnell sage ich: »Weißt du, da gibt es eigentlich gar nicht so viel zu verstehen. Es ist eben so, dass ich gerne mal wieder international essen würde. Haben wir doch lange nicht gemacht. Man lernt immer so viel. Es schmeckt so gut. Und es ist meistens so schön unvorhersehbar, man weiß nie, was man kriegt. Na ja. Und dann ist es noch wegen Hanna.«

Die gelogenen Sätze habe ich laut gesagt und die letzten Worte sehr schnell und sehr leise, aber meine Mutter hat vor allem diese gehört, weil es nun mal ihre Pflicht als Mutter ist, die verschluckten Worte ihrer Kinder besonders gut zu hören. Sie weiß jetzt Bescheid, das kann man an ihren detektivisch funkelnden Augen erkennen.

»Hanna? Ist das ... ist das ... Hanna Kiesow?«

»Ja, klar, du kennst ja die Mutter.«

Sie sieht beleidigt aus.

»Kennen. Kennen. Gar nichts weiß ich über die. Auch jetzt nicht. Absolut nichts. Die hält sich bedeckt, ist die ganze Zeit verschlossen. Das ist alles noch so wie am Anfang. Aber wer weiß, vielleicht erfahre ich ja ...«

»Nein!«

Schon wieder bin ich laut geworden, zum zweiten Mal in dieser Woche, und ich habe keine Ahnung, was neuerdings mit mir los ist. Meine Mutter ist zusammengezuckt. Nicht so sehr wie Hanna vorhin, aber immerhin so, dass es zu einer nicht mehr glatten Stirn reicht.

Und obwohl sie mir noch nicht mal verraten hat, ob ich Hanna denn nun zum Essen einladen darf, flehe ich sie mit meiner freundlichsten und töchterlichsten Stimme an: »Bitte frag sie nichts. Tu einfach so, als wäre Hanna ein normaler Gast. Ach komm, bitte!«

Meine Mutter entrunzelt ihre Stirn, wischt einen Krümel von ihrem Pullover und sagt: »Lad sie ein. Nächste Woche Dienstag würde passen. Ich werde das schon irgendwie hinkriegen, die Einkäufe und die Vorbereitung. So. Und jetzt muss ich mir noch ein Land überlegen.«

Und dann überlegt sie sich noch ein Land.

Meine Mutter hat sich schon so viele Länder überlegt, und von manchen wusste ich noch nicht mal, dass sie überhaupt existieren. Sie sitzt jetzt vor ihrem Laptop und überlegt angestrengt verschiedene Länder in die Tastatur hinein, und wie immer hoffe ich insgeheim, dass sie italienisches oder thailändisches Essen vorschlagen wird oder am besten eine ganze Nudelwoche, eine internationale Nudelwoche würde mich wirklich glücklich machen.

Laut aussprechen dürfte ich das nie, denn selbst wenn sich meine Mutter für diese Länder oder für die Nudeln entschieden hätte, wäre ihr schnell noch ein anderes Land eingefallen, eine andere Teigware, nur damit die internationale Woche nicht zu naheliegend und ihr Einführungsvortrag nicht zu vorhersehbar wäre.

Deshalb behalte ich es auch diesmal für mich, schaue meine Mutter aber so freundlich und erwartungsvoll an, dass es gut werden *muss*. Dass ihr nichts anderes übrig bleibt. Dass sie sich richtig ins Zeug legt. Sie müsste also wissen, was zu tun ist, und für ein paar Sekunden sieht sie auch so aus, als wüsste sie es. Ich fühle ein kleines, warmes Vertrauen, aber dann, dann kommt sie mir mit ... Liechtenstein!

Mit einer liechtensteinischen Woche.

»Mama«, frage ich entsetzt, »wieso denn Liechtenstein? Sag doch mal! Das Land ist ja winzig. Das ist höchstens so groß wie eine alte Turnhalle. Ohne Umkleideräume. Und ohne alles.«

Meine Mutter schaut mich liebevoll und voller Mitgefühl an. Ungewöhnlich vornehm sagt sie: »Selbst wenn es nur so groß wie ein hübsches kleines Restaurant wäre, so würden doch viele erlesene Speisen hineinpassen.«

Die Erlesenheit von Liechtensteins Speisen muss sie sich aber erst noch anlesen. Und während sie sich in den nächsten

Tagen mit der Küche Liechtensteins beschäftigt, höre ich viele unzufriedene Laute aus ihrer Richtung, Seufzen, Fluchen, Knurren. Das, was sie liest, scheint sie nicht zu überzeugen, und einmal erklärt sie mir leicht verzweifelt, dass die liechtensteinischen Speisen von denen aus den Nachbarländern inspiriert sind, und die österreichische und die Schweizer Woche hatten wir doch schon, sag, was machen wir denn jetzt?

Trotzdem lässt sie sich nicht von Liechtenstein abbringen, womöglich hat sie längst einen geheimen Vertrag mit diesem winzigen Land abgeschlossen. Etwas anderes als die liechtensteinische Küche kommt für sie nicht mehr infrage. Sie sucht, findet, schüttelt den Kopf, und dann geht das Ganze wieder von vorne los.

Und während meine Mutter nach Spezialitäten sucht und mal zuversichtlich, mal verzweifelt wirkt, gehen sich Hannas und meine Blicke in der Schule auch weiterhin aus dem Weg.

Jeden Tag.

Ich bin immer noch wütend auf sie und ihre Launen, vor allem die schlechten. Gleichzeitig wünsche ich mir, dass wir endlich mal wieder normal miteinander reden, oder annähernd normal, so wie damals an der Sternwarte. Das war schön. Morgens und nachmittags schweigen wir uns die Bürgersteige entlang, noch stiller als ohnehin schon. Zum Abschied nicken wir uns jedes Mal kurz zu, auch wenn es so viel passender wäre, den Kopf zu schütteln.

Das Wenige, was ich überhaupt zu Hanna sage, sage ich gleichgültig und nebenbei, irgendwann zwischen zwei Schulstunden raune ich ihr zu: »Dienstagabend um sieben, Adresse steht in der Klassenliste, das Haus ist das älteste der ganzen Straße. Also, falls es dann noch steht.«

Und Hanna reagiert blitzschnell und überhaupt nicht nebenbei, beinahe vergnügt präsentiert sie mir die Antwort, die schon tagelang direkt hinter ihrem Mund gewartet haben muss, mit leuchtenden Augen sagt sie: »Na, und? Dann komm ich eben. Wenns unbedingt sein muss.«

13

»Es *muss* nicht sein, aber es darf sein«, sagt meine Mutter großzügig, als ich sie auf ihren Glitzerpullover anspreche. »Man darf sich ruhig auch mal schick machen, wenn Besuch kommt! Außerdem ist das kein Glitzer, sondern Feinstrick mit Glanzgarn. Ein Schnäppchen übrigens.«

»Trotzdem. Es ist doch nur Hanna«, sage ich und denke gleich, dass Hanna nicht nur Hanna ist, oder überhaupt nicht Hanna. »Die hat nie schicke Sachen an, wieso auch. Hab ich ja auch nicht.«

»Könntest du aber. Schau dir Papa an. Oder Carlo.«

Praktischerweise kommen beide jetzt zu uns ins Wohnzimmer, sodass ich sie mir in Ruhe anschauen kann. Ich bin sofort beunruhigt. Zwar trägt keiner von ihnen Feinstrick mit Glanzgarn, wofür man immerhin dankbar sein könnte. Aber mein Vater hat sich eines seiner festlichsten Hemden angezogen und selbst Carlo hat sich für sein einziges T-Shirt entschieden, das keine Löcher hat und so gut wie weiß ist. Er geht zum Tisch und legt den Pizza-Notruf-Flyer neben seinen Teller, direkt auf die Serviette, die es heute ausnahmsweise gibt.

Schmecke den Unterschied!

Ich schaue an mir herunter und mein Blick landet auf meinem ältesten Kapuzenpulli, der schon mehrere Hundert Male in der Waschmaschine war und dessen Bündchen mindestens ebenso oft ausgeleiert wurden. Aber bevor ich beschließen kann, mich doch noch umzuziehen, hört mein Vater unsere viel zu leise Klingel, reagiert darauf, wie er sonst auch darauf reagiert, und rennt nach draußen in den Flur. Ich glaube, er ist derjenige in unserer Familie, der sich am meisten auf Hannas Besuch freut. Jeder, der auch nur ein einziges Mal bei seinen Festnetzaktionen mitgespielt hat, außer der Frau vom Finanzamt Innenstadt vielleicht, hat bei ihm einen Stein im Brett und kann danach tun, was er will, etwas Halbkriminelles oder doppelt Gemeines oder gar nichts, mein Vater wird ihn trotzdem für immer mögen.

Als er mit Hanna ins Wohnzimmer kommt, sehen beide so aus, als würden sie sich schon mehrere Leben lang kennen, und wieso auch nicht, kann ja sein, dass sie sich vor Jahren zufällig in Knallroda-Süd begegnet sind. Sie unterhalten sich über irgendwas, sind dabei ganz einer Meinung und lächeln sich an. Doch das Schlimmste, das Allerschlimmste ist, dass Hanna heute eine Bluse tragen muss. Keine weiße, sondern eine dunkelblaue mit kleinen gelben Punkten, aber sie ist trotzdem ordentlich genug, um mich augenblicklich ins löchrige Kapuzenpulli-Abseits zu katapultieren.

Hanna hat sogar halb vertrocknete Blumen dabei, Tankstelle, zwei neunundneunzig mit Frischhaltemittel. Und meine Mutter freut sich! Dabei macht sie sich normalerweise über diese kümmerlichen Folienblumen lustig und nennt sie Benzingestrüpp. Aber jetzt sieht sie tief bewegt aus und bedankt sich überschwänglich bei Hanna, die peinlich berührt auf ihre Schuhe schaut.

Dann sieht mich meine Mutter an und ich kann ihre stumme Frage sofort übersetzen, ihr Blick fragt mich, wie um alles auf der Welt ich behaupten konnte, dass dieses Mädchen auch nur ansatzweise merkwürdig ist. Doch obwohl ich weiß, warum ich das behauptet habe und auch weiterhin so sehe, lasse ich meine Augen nicht antworten und sage auch nichts dazu, sondern starre schnell auf den liechtensteinisch gedeckten Tisch mit dem deutschen Tafelsilber und den Weihnachtsservietten aus dem Drogeriemarkt.

Mir würde sowieso keiner glauben.

Ich kann mir ja gerade selbst nicht glauben.

Als alle am Tisch sitzen, fängt meine Mutter mit ihrem Einführungsvortrag über das Fürstentum Liechtenstein an, lässt den Fürsten aber extra weg, weil er ihr zu mächtig ist, wie sie gleich im zweiten Satz sagt. Überhaupt ist ihre Rede kurz, sie ist so klein wie das Land selbst, weil meine Mutter die letzten Tage ständig mit der Auswahl der Gerichte beschäftigt war und dann nicht mehr dazu gekommen ist, besonders viel über Liechtenstein zu lesen.

Als sie mit einem mitfühlenden Nicken »nur hundertsechzig Quadratkilometer groß« sagt, kann ich sehen, wie Carlo seinen Pizza-Notruf-Flyer vom Tisch nimmt und auf seinem Schoß versteckt. Warum er das tut, weiß ich nicht, aber es muss irgendwas mit den *Gotischen Kirchen* zu tun haben, die neben Hannas Teller liegen und sich in aller Ruhe auf der Weihnachtsserviette wellen.

Nach ihrem Vortrag kündigt meine Mutter das Menü an. Als Vorspeise gibt es Käsknöpfle mit Feldsalat, als Hauptspeise Käsknöpfle mit Zwiebelringen und als Nachtisch ganz knapp keine Käsknöpfle, aber nur, weil meine Mutter gestern doch noch ein Rezept gefunden hat, das sie sich für heute Abend vorstellen konnte, Ribel mit heißen Kirschen, das liechtensteinische Nationalgericht, zumindest der Teil mit dem Ribel, der ein Spezial-Maisbrei ist.

Hanna sieht meine Mutter begeistert an. Sie hat noch keine Ahnung, was ihr bevorsteht, wir alle haben keine Ahnung, aber drei von uns wissen immerhin, dass sie auf alles gefasst sein müssen. Und während meine Mutter aus der Küche die Vorspeise holt und Carlo ihr überraschenderweise dabei hilft, fragt mein Vater Hanna: »Und? Wie war das Shakespeare-Stück? Ich habe Josefin auf dem Bild in der Zeitung vermisst. Aber das ist ja nichts Neues. Warst du denn wenigstens mit drauf?«

»Äh«, sagt Hanna und schaut mich fragend an.

Mein Vater hat nicht mitgekriegt, dass ich nicht mit aufs Publikumsfoto wollte, die Datenschutz-Unterschrift habe ich von meiner verwunderten Mutter bekommen, die aber zum Glück nicht lange nachgefragt hat. Und als sie und Carlo wieder am Tisch sitzen und die Teller mit der Vorspeise verteilt haben, macht mein Vater einfach weiter: »Na, ist ja auch egal. Wisst ihr, ich mag Shakespeare, auch wenn es immer noch Leute gibt, die behaupten, dass er seine Sachen gar nicht selber geschrieben hat, klar, über Shakespeare ist ja auch so gut wie nichts bekannt, und möglicherweise war er ja ein völlig Anderer und wir lagen alle falsch, aber trotzdem, und – au!«

In diesem Moment weiß ich, dass mein Vater auch von der Zeugenschutzgeschichte nicht die geringste Ahnung hat, genau wie ich vermutet habe, und dass die Idee allein von meiner Mutter kam – meiner Mutter, die ihm unterm Tisch offenbar gerade eine ernst zu nehmende Verletzung zugefügt hat. Dabei ist mein armer Vater nur einer, der altmodische Dinge mag: Festnetzanrufe, Töchterfotos in Papierzeitungen und Pullunder mit Zopfmuster. Außerdem ist er einer, der sich als Lehrer für Theaterstücke interessiert, einfach nur das, und der seit ein paar Sekunden ein brennendes Problem im unteren Beinbereich hat, auch wenn meine Mutter im oberen Tischbereich angestrengt so tut, als wäre nichts geschehen.

Deshalb beschließe ich, meine Eltern und überhaupt alle hier zu erlösen, und sage: »Also ein Traum war es ja nicht gerade. Ich fand das Stück eher langweilig. Obwohl die Geschichte ein einziges Durcheinander ist. Wenn ichs nicht besser wüsste, würde ich denken, Shakespeare ist auch bloß so ein Schwager von Frau Pichoki.«

»Na ja, also ich mochte es«, sagt Hanna, und darauf wäre ich im Leben nicht gekommen. Sie saß am Nachmittag der Aufführung schräg vor mir und ich konnte sehen, dass sie nicht bei der Sache war, ständig hat sie ihren Kopf in irgendeine Richtung gedreht und dann ins Leere gestarrt.

Trotzdem behauptet sie jetzt, alles Mögliche mitgekriegt zu haben, zum Beispiel, wie Leon Hacher aus der Zehnten, der einen Kesselflicker gespielt hat, der wiederum eine Wand gespielt hat, mitten im Stück einen Schuh verloren hat, und wie Antonia Kammerer, die im Stück die Hippolyta war, an fünf Stellen ihren Text vergessen hat, Hanna behauptet sogar, dass sie das ganze Durcheinander aus Handwerkern und Elfen und Verliebten verstanden hat, und erwirtschaftet sich damit gleich einen neuen Pluspunkt bei meinem Vater.

Sie hat noch nie so viel geredet.

Als sie fertig ist, stopft sie sich eine riesige Portion Käsknöpfle in den Mund und schaut kauend auf ihren Teller. Das Essen ist viel besser, als ich befürchtet habe, erinnert mich aber an die Kässpätzle aus der Schweizer Woche im Sommer. Ich sehe, dass meine Mutter Hanna zufrieden beobachtet, und in ihrem zufriedenen Beobachterblick kann ich ein sehr kleines, sehr detektivisches Blitzen erkennen. Sie wartet, bis Hanna eine Trinkpause einlegt, und fragt: »Erzähl doch mal, Hanna, wie findest du die Stadt, was kennst du denn schon alles?«

Hanna stellt ihr Glas ab und sieht nicht beunruhigt aus. Von ihrem rechten Mundwinkel hängt ihr ein dünner Käsefaden herunter, weil meine Mutter gerne Sachen kocht, die gut von Mundwinkeln herunterhängen können. Und unterstützt von diesem Käsefaden sagt Hanna: »Eigentlich kenne ich nur die alte Sternwarte, da war ich immerhin schon dreimal.«

Und da, bei *dreimal,* verspüre ich eine kleine, klebrige Wut auf den Käsefaden und den rechten Mundwinkel und die Besitzerin des rechten Mundwinkels, auf einmal kann ich es nicht mehr ertragen, dass sie zu mir meistens unfreundlich und zu meiner Familie heute so freundlich ist und dass sie eine Bluse trägt und dass ich überhaupt nichts über sie weiß und dass sie ohne mich an der Sternwarte war.

»Die Sternwarte?«, fragt meine Mutter. »Ich wusste gar nicht, dass die überhaupt noch steht. Die war doch schon früher so furchtbar baufällig.«

»Also, gestern stand sie noch.«

In diesem Moment springe ich auf und sage: »Dann hol ich mal den Hauptgang. Ein bisschen Abwechslung kann ja nicht schaden.« Meine Mutter folgt mir in die Küche und füllt dort die Teller, seufzt aber dabei und schüttelt den Kopf. Ich sehe, dass sie die verbrannten Exemplare der Zwiebelringe alle auf einen Teller schaufelt und die Röstaromen dann mit ein paar normalen Zwiebelringen bedeckt, und natürlich ist es *ihr* Teller, das weiß ich jetzt schon.

Als wir alle Portionen ins Wohnzimmer gebracht haben und wieder auf unseren Plätzen sitzen, sieht meine Mutter aus, als wollte sie ein dankbares Tischgebet sprechen, zum ersten Mal in ihrem Leben. Aber stattdessen entschuldigt sie sich für ihr Essen, auch das zum ersten Mal in ihrem Leben, und sagt, dass es ihr unendlich peinlich ist, schon wieder Käsknöpfle zu servieren, aber es hat eben noch nie zuvor eine internationale Woche mit Gästen gegeben und Käsknöpfle gelingen einfach immer und sie hofft, dass ihr das alle am Tisch verzeihen werden und jedenfalls guten Appetit!

Hanna winkt ab und sagt, dass sie sowieso noch eine Ladung Käsknöpfle gegessen hätte, und zwar exakt in dieser Größe, es trifft sich also gut. Carlo scheint davon so beeindruckt zu sein, dass er den Pizza-Notruf-Flyer auf seinem Schoß zerknüllt und auf den Boden wirft, während mein Vater sagt, dass er in seinem Leben am liebsten nur noch Käsknöpfle und nichts anderes mehr essen würde. Und obwohl es nicht zum Thema passt und alle am Tisch mit ihrem klebrigen Essen zu kämpfen haben, sagt mein Vater gleich danach ziemlich gestelzt zu Hanna: »Man mag natürlich fragen, was deine Eltern arbeiten.«

»Tja, na ja, also«, sagt Hanna, und ich frage mich, ob sie die Worte meines Vaters in Panik versetzen und ob sie all ihre Panikanfälle mit *Tja, na ja, also* einleitet, nur aus Gewohnheit. Aber sie antwortet so ruhig, als wäre es die normalste gestelzte Frage der Welt: »Papa ist Grafikdesigner und Mama arbeitet bei *Technology.*« Sie sagt tatsächlich *Technology,* ganz ohne *Inc.*, aber eben auch ganz ohne *Future,* vielleicht, weil sie das Wort so schlecht aussprechen kann und weil Zukünfte nun mal nicht ihr Fachbereich sind.

Mehr sagt sie nicht, mehr kriegen wir zu diesem Thema nicht zu hören, und danach essen wir eine Weile still vor uns hin. Immer wieder pult sich jemand verschämt Käsefäden aus den Zwischenräumen seiner Zähne, zwei Kerzenflammen flackern, meine Mutter kämpft tapfer mit ihren Röstaromen, Carlo starrt Hanna an und keiner am Tisch weiß, dass das Schlimmste erst noch kommt.

Und das Beste.

Der Nachtisch sieht aus wie trockenes Rührei mit Kirschkompott, ist aber der angekündigte Maisbrei, auch wenn er zum Bedauern meiner Mutter aus der falschen Sorte Mais besteht: nicht aus speziellem Ribelmais, sondern aus gewöhnlichem Pollmann-Maismehl. »Dafür sind die heißen Kirschen aber frisch zubereitet«, sagt sie, »das heißt: frisch verfeinert, frisch heiß gemacht und leider schon wieder frisch abgekühlt, und ach, leider habe ich die Säurespitzen nicht richtig herausgearbeitet, aber zum Glück passiert mir das sonst nie.«

Ich glaube, es ist reiner Zufall, dass ausgerechnet Hanna die frische Verfeinerung am eigenen Leib zu spüren bekommt. Sie ist die Erste, die die Kirschen probiert, nicht vorsichtig, sondern beherzt und voller Vertrauen in die Kochkünste und die Säurespitzen meiner Mutter.

Hanna isst einen großen Löffel davon, dann explodiert sie.

Nach dem Zehntel einer Zehntelsekunde spuckt sie alles wieder aus, und zwar so gekonnt und schwungvoll, dass nicht nur ihre *Gotischen Kirchen*, sondern vor allem mein Vater, Carlo, meine halbe Glanzgarn-Mutter und mein vollständiger Ärmel Hannas Kirschregen abkriegen. Die Welt und ein paar Herzen bleiben stehen, unser Wohnzimmer hält die Luft an. Denn es wurde innerhalb kürzester Zeit in den Schlachtraum einer Fleischerei verwandelt. Mit der Plötzlichkeit von Herrn Wittstocks Knallgeräuschen hat Hanna ein mittleres Blutbad mit Kirschgeschmack angerichtet, rot leuchten uns die kalten heißen Kirschen an.

Hannas Gesicht ist bleich verzerrt und voller Entsetzen, und ich weiß gleich, dass es nicht gespielt ist. Es sieht kein bisschen nach Theaterbühne aus und hat nichts mit Frau Pichoki zu tun, nein, Hanna muss einen richtig guten Grund für die wild gewordenen Kirschen gehabt haben.

Als wir alle wieder zu uns kommen, ist mein rot gesprenkelter Vater der Erste, der schallend zu lachen anfängt und sich dabei an sein schreckhaftes Herz fasst. Dann stimmt Carlo mit ein, und ich könnte schwören, dass er sich gerade aus Versehen in Hanna verliebt hat, obwohl sie mindestens zwei Jahre älter als er ist und deshalb offiziell unerreichbar.

Nach ein paar Sekunden beginnt sogar Hanna zu lachen, während sie einige zur Seite gespuckte gotische Kirschen von ihrem Buch wischt, sie lacht erst peinlich berührt und erschrocken, aber dann immer gelöster und alberner, und schließlich macht auch meine Mutter mit und lacht ein lautes, mädchenhaftes Lachen, das sie aber oft unterbricht, um abwechselnd »Oh Gott!« und »Mindestens fünf Esslöffel Salz« zu rufen.

Ich habe meine Mutter schon oft dafür verflucht, dass sie das Salz und den Zucker in ähnlichen Tongefäßen aufbewahrt, aber jetzt bin ich heilfroh über ihre Verwechslung. Denn als ich anfange, mit den Anderen mitzulachen, löst sich alles in mir auf, die Wut und das Beleidigtsein und meine wochenlange Verwunderung, das alles ist nun egal, wir sind nur noch Menschen, die darüber lachen, was *mindestens fünf Esslöffel Salz* in liechtensteinischen heißen Kirschen anrichten können, wir lachen und lachen und kriegen keine Luft mehr und haben Tränen in den Augen, und niemand auf der Welt kann wissen, wie die Dinge wirklich sind, keiner, das ist ja das Problem. Aber das, was hier gerade am Tisch passiert und was wohl keiner je vergessen wird, das verrückte Lachen, das Weinen und die Kirschfetzen, diese schöne Leichtigkeit und die fünf Esslöffel Salz und dass Hanna den Unterschied geschmeckt hat, das ist, *wie die Dinge wirklich sind*.

Ein paar Minuten nur.

Hier.

Mein Vater hat nicht nur als Erster mit dem Lachen angefangen, er ist auch der Erste, der wieder damit aufhört. Auf einmal wird er leiser und sagt mit immer noch tränenden Augen: »Nanu?« Denn mein Vater gehört zu den letzten noch lebenden Menschen, die *Nanu?* sagen, und er benutzt dieses Wort vor allem dann, wenn es bei uns klingelt.

Unsere Klingel ist so leise wie das Plätschern eines Gebirgsbächleins zwei Länder weiter, und wir sind darauf angewiesen, dass wenigstens einer sie hört. Dieser Eine ist für gewöhnlich mein Vater mit seinen jahrelang geschulten Festnetzohren, und sein altmodisches *Nanu?* ist das eigentliche Geräusch unserer Haustürklingel.

Aber heute ist es noch etwas anderes.

Heute ist *Nanu?* auch das Geräusch für: alles, das schnell wieder vorbeigeht. Und das liegt diesmal nicht etwa an der armen Frau Lisco von gegenüber und daran, dass sie vor unserer Tür steht und sich über den ganzen Lärm beschwert. Nein, Frau Lisco kann nichts dafür, genauso wenig wie Herr Pollmann und die anderen üblichen Verdächtigen.

Mein Vater klingelt also sein *Nanu?*, steht auf und geht dann kirschblutbespritzt und immer noch fröhlich nach draußen in den Flur, wo er mit einem kräftigen Ruck, von dem unser Wohnzimmer wackelt, die Haustür öffnet. Und wenn sich mein Vater nicht nur am Telefon, sondern auch an der Haustür mit falschem Namen melden würde, dann könnte er jetzt zum Beispiel sagen: *Gestatten, Leatherface, treten Sie bitte ein*, und jeder würde ihm glauben, dass er tatsächlich der blutige Mörder Leatherface ist, der gerade seine Sägearbeiten unterbrochen hat. Aber ich kann hören, dass mein Vater etwas leicht anderes sagt, er sagt: »Kommen Sie bitte rein, setzen Sie sich, wir essen gerade Liechtensteinisch.«

Ich kann hören, wie Hanna am Tisch erschrickt.

Und dann, dann höre ich gar nichts mehr.

Als sie zu uns ins Wohnzimmer kommen, mein Vater und die Frau, denke ich als Erstes, dass sie wenigstens farblich gut zu uns passt, denn sie trägt wieder den blutroten Schal, den ich schon in Marktleiter Pollmanns Supermarkt an ihr gesehen habe. Das Gesicht von Hannas Mutter ist hart und bleich mit rötlichen Flecken, aber nichts mit Kirsche. In einer Hand hält sie einen Schlüsselbund, ihre Finger krallen sich in das Metall, und sie sagt nichts, sieht aber zornig aus und schaut sich den verwüsteten Tisch und die verwüsteten Leute an, von denen keiner mehr weiß, wie die Dinge wirklich sind.

»Mama«, sagt Hanna, dann lässt sie ihr Gesicht versteinern, so wie damals bei meiner Großmutter.

Aber auch darauf antwortet ihre Mutter nicht, und man kann sagen, was man will, von ihrem trockenen Humor ist nicht besonders viel zu spüren, oder wenn, dann ist er schon so ausgedörrt wie die Trockenpflaumen, die mein Vater gern für seine Verdauung kauft. Der ausgedörrte Humor von Hannas Mutter lässt sich aber nicht so gut verdauen, von keinem hier, wir sitzen nur hilflos da und gucken dumm aus der gesprenkelten Wäsche.

Und da steht Hanna auf, sagt »danke« und dann, zu mir, »Josef«, und meine Mutter fragt »Josef?«, worauf mein Bruder Carlo ganz selbstverständlich antwortet: »Ja, Josef«, und ich verstehe überhaupt nichts mehr.

Als Hanna und ihre Mutter im Flur sind, wird es endgültig still. Es ist so still, dass nur noch das Ticken der Wohnzimmeruhr und das Geräusch von Carlos schwer beschäftigtem Magen zu hören ist, das Atmen meines Vaters, das Atmen meiner Mutter. Und es ist jetzt still genug, dass wir alle hören, wie Hannas Mutter draußen im Flur mit keinem einzigen Gramm Mütterlichkeit in der Stimme zu ihrer Tochter sagt: »Kein Kontakt. Das war verdammt noch mal die Abmachung.«

14

Ich weiß immer noch nicht, warum ich Hanna unbedingt zum internationalen Essen einladen musste und ob es mir nur um eine freundliche Reaktion ging oder darum, dass endlich irgendetwas anders wird. Es gibt Dinge, die wird man nie begreifen. Aber eine Sache ist klar: dass sich seit den explodierten Kirschen alles besser anfühlt mit Hanna, auch wenn der liechtensteinische Abend so plötzlich und versteinert zu Ende gegangen ist.

Hanna hat später kein Wort darüber verloren, und ich habe sie nichts gefragt. Nur einmal wollte sie wissen, was aus den Kirschflecken geworden ist und ob sie wieder rausgegangen sind, vor allem aus dem schönen Glitzerpullover meiner Mutter. Ich habe ihr gesagt, dass die Flecken zwar alle noch drin sind, dafür aber eine schicke neue Farbe angenommen haben, einen speziellen Lilaton, der spätestens im Frühjahr die weltweit anerkannte Trendfarbe sein wird, und dass das außerdem kein Glitzer, sondern bloß Feinstrick mit Glanzgarn war und übrigens ein Schnäppchen.

Und das wars.

Etwas anderes habe ich ihr nicht erzählt.

Ich habe Hanna verschwiegen, dass wir am liechtensteinischen Abend noch lange ratlos am Wohnzimmertisch gesessen und abwechselnd unsere Köpfe geschüttelt haben, mit denen niemand mehr richtig denken konnte, weil sie nun auch innen mit Käsefäden verklebt waren. Zumindest bei mir hat sich das so angefühlt.

Meine Mutter und ich sind die Einzigen gewesen, die sich

den Auftritt von Hannas Mutter einigermaßen erklären konnten, aber wir haben es meinem Vater und Carlo nicht erzählt, wahrscheinlich, weil wir endgültig kapiert haben, dass wir in Wirklichkeit nichts über Hanna wissen, überhaupt nichts, und dass wir keine Beweise vorzeigen können und uns bis jetzt alles selbst zusammengereimt haben.

Und so langsam gehen uns die Reime aus.

Weil wir so lange nur dagesessen haben, hatten die Kirschflecken genügend Zeit, um in unsere Klamotten einzuziehen, sodass sie meine Mutter danach mit keinem einzigen Hausmittel mehr entfernen konnte: Essig, Zahnpasta, Fleckensalz, ganz egal. Dafür hat sie aber das detektivische Blitzen aus ihren Augen entfernt, wer weiß mit welchem Mittel, und sie hat zum ersten Mal so ausgesehen, als würde sie sich wirklich für Hanna interessieren.

Ich glaube, Geschichten verändern sich, sobald sie ein schlagendes Herz bekommen. Wenn sie zu echten Menschen werden. Wenn sie nicht mehr nur aus Gedanken und Einbildungen und *Stelldirvor* bestehen, sondern plötzlich schlackernde Arme haben, eine Finsternis unter den Wimpern, ein fast unendliches Lachen.

Und jemanden, der *Kein Kontakt!* sagt.

In den Augen meiner Mutter habe ich an diesem Abend gesehen, dass Hanna keine skandinavische Krimiserie mehr ist, kein Sonntagabendmord, kein deutscher Vorabendfilm mit diesem einen Schauspieler, der immer mitspielt und trotzdem nie der Mörder ist, in den Augen meiner Mutter habe ich keine Neugier und keine nebenberufliche Beschäftigung mit Kriminalistik gesehen.

In ihren Augen habe ich an diesem Abend Hanna entdeckt.

Und echte Sorge.

In den zwei Wochen nach dem liechtensteinischen Abend sitzen Hanna und ich gleich dreimal auf der Treppe des Astrografengebäudes, immer ohne einen einzigen Stern, immer ohne einen einzigen Streit und jedes Mal mit kalt gewordenen gebrannten Mandeln, die wir uns vorher auf dem Weihnachtsmarkt gekauft haben. Wir sind immer die Einzigen hier, keine verdächtigen Männer weit und breit, die alte Sternwarte bleibt für uns reserviert.

Ich bin ein paarmal kurz davor, Hanna darum zu bitten, mir ihr Geheimnis zu verraten oder mir endlich zu sagen, dass es gar kein Geheimnis gibt, nicht das kleinste, und dass sie nur einen schlechten Tag hatte, einen einzigen lang gezogenen schlechten Tag seit Mitte Oktober.

Einen Menschen um sein Geheimnis bitten.

Wie um einen Bleistift, ein Blatt Papier.

Niemals.

Dabei wäre es so einfach, alles wäre einfacher, wenn man den Menschen sagen könnte, was sie dringend wissen sollten, oder wenn man sie fragen könnte, was man selber dringend wissen sollte. Es wäre so einfach, wenn man jemandem sagen könnte, dass man ihn mag und dass man sich mit ihm nicht mehr alleine fühlt, und es wäre so einfach gewesen, wenn wir die salzigen Kirschflecken mit Gebissreiniger behandelt hätten, aber so was erfährt man ja immer erst hinterher.

Nichts ist einfach.

Und manchmal, da sage ich Hannas Namen, um herauszufinden, beim wievielten Mal sie reagiert, aber das ist unterschiedlich und vermutlich von der Tagesform abhängig. Einmal, auf einem unserer Heimwege, sehe ich sogar Hannas Haus von außen, gehe die paar Hundert Meter mit und bleibe mit ihr kurz am Zaun stehen, denn reinkommen darf ich nicht, *kein Kontakt!*

Es ist ein modernes Haus, einer dieser perfekten weißen

Würfel, in denen alles neu ist und nichts quietscht und nichts knarrt und in denen keine einzige Tür klemmt, das weiß ich, dafür muss ich gar nicht erst reingehen. Es ist die Art von Haus, nach der ich mich normalerweise sehne. Aber bei Hannas Haus komme ich an dieses Gefühl nicht heran, was ich sehe, erinnert mich nicht an ein gemütliches Zuhause.

Eher an ein großes Stück Würfelzucker.

In der Stadt wird es immer weihnachtlicher, und einmal schneit es sogar. Aber es ist ein Schnee, den man gleich wieder vergisst, weil er eine Enttäuschung ist. Schneeregen. Schon während er fällt, ist er Schnee von gestern.

Die Zeit ist kalt und warm und friedlich, und weil Hanna zwar viel redet, aber mir leider weiterhin nichts über sich erzählt, lese ich zu Hause alles Mögliche über geschützte Zeugen, höre Podcasts und schaue mir sogar Zeugenschutzkrimis an, merke aber schon nach dem dritten, dass kurz vor dem Abspann der aufwendig geschützte Zeuge immer doch noch erschossen wird, dann, wenn niemand außer dem Kameramann noch damit rechnet.

Abends lese ich von Unterwelten und Oberwelten und all den anderen Etagen, ich lese von einer Familie, die sich verstecken musste, weil der Großvater nicht mit Pfeife und Pantoffeln im Ohrensessel gesessen, sondern mit Pauken und Trompeten gegen eine Geldwäscherbande ausgesagt hat, bei der er kurz davor noch zufällig Mitglied gewesen war, ich lese, dass alle auch nach dem Prozess ihr neues falsches Leben weiterleben und ihre falschen Namen weiterbenutzen mussten und weiterhin die Zeugenschützer vom BKA am Hals hatten, und wer weiß, eventuell ist das ja immer noch so.

Ich lese sogar, dass sich die geschützten Zeugen ihre falschen Lebensläufe gar nicht selbst ausdenken dürfen, sondern dass sie

sie vom BKA bekommen, und dann müssen sie sie auswendig lernen wie die komplizierte Biografie eines toten Dichters. Ich lese so viel, dass mir der Kopf schwirrt und ich Hanna und ihre Eltern in all diesen Geschichten entdecken und nicht entdecken kann, und die Tage und die Geschichten vergehen, die Sternwartenstunden und die gebrannten Mandeln vergehen, es schneit immer noch nicht richtig, mein Vater meldet sich am Telefon neuerdings mit Namen aus dem Krippenspiel, und dann, am letzten Tag vor den Weihnachtsferien, ist Hanna zum allerersten Mal nicht in der Schule.

Und keiner weiß warum.

15

Ich warte, aber Hanna kommt nicht. Und weil ich mich mittlerweile daran gewöhnt habe, dass sie morgens pünktlich an der Grisebach-Ecke steht, schiebe ich es zuerst auf meine Armbanduhr, die heute anscheinend ein paar Minuten vorgeht, und nicht auf Hanna, die heute ein paar Minuten nachgeht. Die sogar überhaupt nicht geht, keinen Schritt. Die nicht an unserem Treffpunkt auftaucht.

Als ich das begriffen habe und alle schulpflichtigen Stadtbewohner längst an mir vorbeigegangen sind, ist es zu spät, um noch rechtzeitig in der Schule anzukommen. Und ein bisschen verfluche ich Hanna dafür, dass ich keine Handynummer von ihr habe, noch nicht mal eine peinliche Festnetznummer.

Keine Geschichte, kein Geheimnis.

Fast nichts.

Und als ich zu spät zum Unterricht komme und mich dafür entschuldige, rechne ich beinahe damit, dass Hanna schon da ist und mich vorhin nur vergessen hat, es würde mich nicht wundern. Aber ihr Platz ist leer, genau wie der Blick von Frau Mattai, die sich früher mal auf mich verlassen hat, denn ich bin Josefin, und ich komme nie zu spät.

Doch es fühlt sich gut an.

Nicht die winzige Enttäuschung hinter Frau Mattais Brillengläsern, die sowieso gleich wieder verflogen ist, denn Frau Mattai kann niemandem lange böse sein. Nein, was sich gut anfühlt, ist, dass ich einen ersten Schritt in Richtung Kleinkriminalität gewagt habe. Es fühlt sich erstaunlich gut an, endlich mal zu spät zu kommen, außerplanmäßig zu sein, auch wenn Hanna das leider nicht sehen kann.

Nach ein paar außerplanmäßigen Minuten fühle ich mich aber schon wieder so unkriminell und unsichtbar wie immer, sitze in der Ecke des Klassenzimmers und lasse die Englischstunde über mich ergehen, die von Frau Mattai viel weniger geliebt wird als ihr Erdkundeunterricht, vermutlich deshalb, weil sie in Englisch keine Steine bestimmen lassen kann.

Als die Stunde vorbei ist, kommt sie mit einem großen gepolsterten Umschlag an meinen Tisch und schaut mich besorgt an. Ich erwarte, dass sie mich nach meinem Zuspätkommen fragt und nach Problemen mit Familienmitgliedern oder kaputten Weckern. Aber sie denkt gar nicht daran, sondern stützt sich mit einer Hand erschöpft auf der Tischplatte ab, als hätte sie gerade einen Halbmarathon hinter sich, und sagt: »Weißt du, Josefin, es wäre schön, wenn ich mich irre, aber ich glaube, da stimmt was nicht.«

Ich weiß sofort, was sie meint, frage aber trotzdem: »Was soll denn nicht stimmen?«

Frau Mattai legt den Umschlag auf dem Tisch ab, schiebt ihre Brille ein Stückchen höher und sagt: »Mit Hanna stimmt was nicht. Sie wollte heute eigentlich kommen. Wir hatten verabredet, dass ich ihr was mitbringe. Es war ihr so wichtig. Irgendwie ... ach, ich weiß nicht. Aber ich habe ein ganz schlechtes Gefühl. Zumal ihre Eltern auch noch nicht im Sekretariat angerufen haben.«

Sofort fühle ich mich unwohl. Es gefällt mir nicht, dass Frau Mattai offenbar mehr über Hanna weiß als jeder andere auf der Welt, zum Beispiel ich selbst, und dass sie Sachen für Hanna mitbringt, die ihr angeblich wichtig sind. Es gefällt mir auch nicht, dass sie ein schlechtes Gefühl hat, denn jetzt habe ich leider auch eins, mag sein, dass ich von selbst gar nicht darauf gekommen wäre.

»Na ja, keine Ahnung, jeder kann doch mal krank werden«, sage ich. »Bei mir geht das manchmal ganz schnell. Quasi über Nacht. Hier in der Klasse ist doch ständig jemand krank.«

»Mag sein. Aber …«

»Ich wette, dass sie krank ist. Gestern hat sie viel gehustet. Ist bestimmt schlimmer geworden. An Ihrer Stelle würde ich mir da keine Sorgen machen.«

Wir wissen beide, dass das eine ziemlich billige Erklärung ist und dass wir uns beide Sorgen machen, auch wenn ich nicht sagen kann, ob wir ähnliche Gründe dafür haben. Frau Mattai fängt jetzt an, nachdenklich zu nicken, und es sieht kurz so aus, als wäre sie mit Hannas Husten einverstanden und als wäre das Thema damit ein für alle Mal abgeschlossen.

Aber dann sagt sie: »Weißt du, wenn ich wenigstens eine Nummer von ihr hätte. Oder von den Eltern. Irgendwas. Die Handynummer, die die Sekretärin von ihr hat, ist auf jeden Fall falsch, das hab ich schon vor Wochen gemerkt.«

»Na ja, immerhin. Ich habe nämlich überhaupt keine Nummer von ihr. Und ich weiß, dass sie ein Handy hat. Aber ich frag lieber nicht.«

»Ungewöhnlich, Josefin, vor allem in eurem Alter, oder was meinst du?«

Ich meine das Gleiche wie Frau Mattai, auch wenn es uns leider keinen Millimeter voranbringt. Danach reden wir noch eine Weile weiter, reden links und rechts am Thema vorbei und um Hanna herum und ich kann nicht sagen, was Frau Mattai über sie weiß und ob überhaupt irgendwas und ob es auch an ihr liegt, dass Hanna in den letzten beiden Wochen in der Klasse viel anwesender gewesen ist und den Kopf auch nicht mehr auf den *Gotischen Kirchen* abgelegt hat.

»Hier«, sagt Frau Mattai und schiebt mir den großen Umschlag hin. »Wenn du zu Hanna gehst. Vielleicht sogar noch heute. Nimm ihn bitte mit.«

Erschrocken schiebe ich den Umschlag zurück. »Nein! Nein. Ich geh da nicht hin. Hannas Eltern wollen das nicht.«

»Na und?«

Ein bisschen überzeugt mich Frau Mattais Antwort. *Na und?* scheint mir ein halbwegs vernünftiges Argument zu sein, außerdem habe ich ein Weihnachtsgeschenk für Hanna besorgt, das ich ihr eigentlich heute geben wollte. Es ist klein, aber ich schäme mich trotzdem dafür.

Und ich weiß nicht, ob ich den Mut haben werde, bei Hanna zu klingeln oder überhaupt nur in die Nähe ihres traurigen Würfelzuckerhauses zu gehen. Aber dann ziehe ich den Umschlag doch wieder zu mir heran und sage zu Frau Mattai: »Gut, okay, dann probiere ich es eben. Aber ich kann Ihnen nichts versprechen. Keine Ahnung, ob ich da hingehe. Die Eltern sind mir irgendwie nicht geheuer. Und die wollen mich wirklich nicht sehen.«

Sie lächelt und sagt nicht: »Ich verlass mich auf dich«, sondern berührt mich nur kurz an der Schulter und sagt: »Frohe Weihnachten, Josefin. Ich wünsche dir schöne Ferien.« Dann lässt sie mich allein mit dem geheimnisvollen Umschlag und mit dem Auftrag, der mir jetzt schon, nach so kurzer Zeit, schwer im Magen liegt.

Bis die Schule vorbei ist, versuche ich immer wieder zu ertasten, was Frau Mattai für Hanna eingepackt hat, und ich fühle mich schlecht dabei. Es scheint ein Buch zu sein, womöglich eine modernere Ausgabe von *Gotische Kirchen bei Lichte besehen,* ein Exemplar ohne Flecken, oder es sind mehrere dünne Bücher, Hefte, Broschüren, vielleicht ist es auch bloß eine normale rechteckige Rettung.

Hannas Rettung.

Ein Schutzumschlag.

Ich fahre mit meinem Daumen knisternd und raschelnd die Kanten des streng geheimen Inhalts entlang, halte den zugeklebten Umschlag sogar kurz gegen das Licht, was aber völlig sinnlos ist, denn er ist leider viel zu dick dafür. Kurz überlege ich, ihn heimlich zu öffnen, entscheide mich aber schnell dagegen. Schließlich steht auf dem Umschlag *Hanna Kiesow, persönlich*, und ich kann jedem einzelnen Buchstaben ansehen, dass sich Frau Mattai wieder auf mich verlässt, auch wenn sie das diesmal nicht extra gesagt hat.

Und so wird der persönliche Umschlag in meinem Rucksack und in mir immer schwerer, von Stunde zu Stunde, von Schritt zu Schritt, nach Schulschluss kann ich ihn schon kaum noch tragen. Er zieht mir die Schultern nach unten, er macht mich kleiner und noch jünger. Woher soll ich also die Kraft nehmen, Hanna den Umschlag vorbeizubringen?

Am frühen Nachmittag finde ich meinen Vater im Wohnzimmer vor, wo er krumm am Tisch sitzt und Klassenarbeiten korrigiert. Gerade versucht er, so lange auf das Papier zu starren, bis er doch noch irgendwo einen Buchstaben oder ein paar mutige Satzzeichen entdeckt, die einen halben Punkt wert sein könnten. Das macht er meistens so, auch wenn dabei ziemlich viel Zeit draufgeht. Aber anders kann ich mir meinen korrigierenden Vater schon gar nicht mehr vorstellen.

Auf dem Tisch stehen ein fast leeres Schälchen Gummibärchen und ein fast voller Teller mit luftgebräunten Apfelstückchen, die aus der unerschöpflichen Apfelsammlung seiner Mutter stammen und die sie ihm auch eingeredet haben muss, denn meine eigene Mutter lässt ihn mit dermaßen gesunden Tellern für gewöhnlich in Ruhe.

Mein Vater sieht mich kaum an, als ich mich zu ihm setze,

sondern schenkt mir nur einen Sekundenblick und korrigiert weiter. Wie automatisch schiebt er mir den Apfelteller hin, das muss als Gruß genügen. Ich grüße ihn zurück, indem ich den Teller wieder zu ihm schiebe.

Wenn er unbedingt allein sein wollte, könnte er auch oben in seinem Arbeitszimmer sitzen, aber er sucht seine halben Punkte am liebsten hier unten im Wohnzimmer, um mitten im Geschehen zu sein, wie er einmal gesagt hat.

Das hat er nun davon.

Das Geschehen bin jetzt ich.

»Ist Mama da? Ist sie oben?«, frage ich ihn.

Er schaut weiter auf die Klassenarbeit, die er gerade durchsucht, und murmelt: »Mama ist noch bei *Inc.*, die kommt heute leider später.«

Mein Vater sagt immer nur *Inc.*, was ziemlich schlau ist, weil er dadurch sechs Sekunden früher mit dem Reden fertig ist und nicht erst noch *Future* oder *Technology* oder etwas ähnlich Übertriebenes sagen muss. Er kann die Sekunden dann für etwas anderes nutzen, zum Beispiel für das Kauen eines Gummibärchens.

Trotzdem mag ich seine Antwort überhaupt nicht, denn genau jetzt bräuchte ich meine Mutter. Sie ist die Einzige auf der Welt, die die ganze Geschichte kennt. Die halbe ganze Geschichte. Auf jeden Fall einen ordentlichen Teil davon, *ihren* Teil. Bestimmt kann sie mir sagen, ob ich es wagen soll, nachher bei Hanna zu klingeln und den ausgedörrten Humor ihrer Mutter auszuhalten. Und sicher weiß sie auch, ob ich mir Sorgen machen muss, nur weil sich eine von vielen Millionen Lehrerinnen Sorgen macht. Und nur weil Hanna noch nie, kein einziges Mal, in der Schule gefehlt hat, nur heute.

Ich kann es nicht mehr selbst entscheiden.

Mein Vater ruft jetzt »Sapperlot!«, und ich weiß, was das

heißt. Es bedeutet, dass er seinen verzweifelt gesuchten halben Punkt endlich gefunden hat. Er setzt seine Lesebrille ab, sieht mich erschöpft an und trinkt dann mit weit geöffnetem Mund aus seinem Glas. Das Wasser stürzt in seinen Rachen, sodass ich nervös denke: *Niagarafälle,* und ich überlege, ob ein Mensch auf diese Weise ertrinken kann.

Dann stellt mein Vater das Glas geräuschvoll ab, lebt noch, stopft sich drei Gummibärchen in den Mund und fragt kauend: »Was willst du denn von Mama? Vielleicht kann ich dir ja helfen.«

Eigentlich bezweifle ich das. Aber wie ich ihn so am Tisch sitzen sehe, mit vollem Mund und drei großen Niagara-Wasserflecken auf dem Pullover, denke ich auf einmal, dass ich es immerhin versuchen könnte, auch wenn es kompliziert wäre und ich ihm dafür viel erzählen müsste.

Sehr viel.

Alles.

Ich fange aber erst mal damit an, dass ich aus meinem Rucksack, der auf dem Stuhl neben mir steht, Frau Mattais Umschlag und das Weihnachtsgeschenk für Hanna heraushole und beides auf den Tisch lege. Ich schiebe es eine Weile unschlüssig herum, schaue mir die Schrift auf dem Umschlag an, dann sage ich: »Ich weiß nicht, was ich machen soll. Es ist alles nicht so einfach. Hast du eine Idee?«

Mein Vater trinkt noch einen Schluck Wasser, so wie einer, der gleich auf eine große Reise geht und lange keine Flüssigkeit mehr zu sich nehmen kann. Dann schaut er mich wortlos an und zeigt mir mit seinem Gesicht, dass er bereit ist. Und in dieses Gesicht hinein, in die Augen und in den Bart mit den weißen Stoppelspitzen, erzähle ich Hannas Geschichte, die eigentlich nur meine Geschichte ist.

Ich erzähle von Hannas verrutschtem Namen und der Knallgasprobe, vom Zeugenschutz und Hannas Fotoangst, von den Innenseiten der Bürgersteige und den Regenverstecken, von dem Nachmittag bei meiner Großmutter und Hannas Kopf auf den *Gotischen Kirchen bei Lichte besehen*, ich erzähle ihm alles, was er längst mitgekriegt haben müsste, wenn er, ja, wenn er solche Geschichten ernst nehmen würde, ich erzähle und erzähle und die Apfelstücke werden sekündlich brauner und mein Vater sitzt da und übersieht sie auch weiterhin und hört mir ruhig zu.

Als ich fertig bin, zieht er Frau Mattais gepolsterten Umschlag und das Geschenk zu sich heran und schaut mich fragend an. »Und was ist hiermit?«

»Der Umschlag ist von Frau Mattai«, sage ich. »Keine Ahnung, was da drin ist. Sie will, dass ich ihn zu Hanna bringe. Aber ich weiß nicht, ob ich das auch selber will. Also, ob ich da klingeln will.«

Er lächelt mit nur einem Mundwinkel und nickt mit dem ganzen Kopf. »Die kleinen Freundlichkeiten. Wo kämen wir hin, wenn wir die nicht hätten. Die Welt würde zu Staub zerfallen. Zu altem, grauem Zimmereckenstaub. Genau das würde passieren, das verspreche ich dir, Josefin. Und das da, was ist das für ein Geschenk? Auch von Frau Mattai?«

Er will danach greifen, aber ich ziehe es schnell weg. Und am liebsten würde ich sagen, *ja, das ist von Frau Mattai, kein großes Ding, das macht sie bei jedem so*. Aber ich antworte: »Ich will da nicht hingehen. Obwohl ich mir ja auch Sorgen mache. Ich hab Angst vor dieser ... dieser ... na, du weißt schon. Vor dieser Mutter.«

»Kann ich verstehen. Wo wohnen sie denn?«

»Grisebachweg. Nummer 43, glaube ich. Das große Würfelzuckerding.«

»Alles klar«, sagt mein Vater. »Ich kenne das Haus. Wird möbliert vermietet. Gehört einem alten Kollegen von mir, und der hat es eigentlich für seine Tochter gebaut. Die Stadt war ihr dann aber doch zu klein.«

Erst jetzt merke ich, dass er überhaupt nichts zu der Zeugenschutzgeschichte gesagt hat, kein Wort, deshalb versuche ich, ihn vorsichtig daran zu erinnern, und bitte ihn, nichts von Hannas Geschichte weiterzuerzählen: »All die Sachen. Ich glaube, die müssen geheim bleiben. Ist besser so.«

In diesem Moment klingelt das Festnetztelefon. Und eigentlich müsste mein Vater jetzt in den Flur stürmen, wo es meistens liegt, sich mit *Zweiter Hirte von links, was kann ich für Sie tun?* melden oder mit *Maria* oder sogar mit *Josef*, was ich aber nicht hoffe. Danach würde er für lange Zeit verschwinden, zum Beispiel in seinem Arbeitszimmer. Oder nur für kurze Zeit, wenn der Anrufer beleidigt ist, was immer mal wieder vorkommt.

Doch heute bleibt er sitzen und wartet das Klingeln nicht nur ab, sondern hört ihm sogar andächtig zu, fast wie einem Musikstück, das in einer großen Konzerthalle gespielt wird und für das er extra eine sehr teure Karte gekauft hat.

Als der Anrufer aufgelegt und glücklicherweise auch nicht auf den Anrufbeantworter gesprochen hat, fängt mein Vater an, die restlichen Gummibärchen locker auf dem Tisch zu verteilen. Er klebt sie an. Zwei grüne stellt er so auf, dass sie sich gegenüberstehen und ansehen, drum herum steht der Rest der Bären. Ab und zu fällt einer um und wird dann wieder am Tisch festgeklebt, ewig geht das so.

Als mein Vater endlich mit seiner Spezial-Anordnung zufrieden ist, hält er die beiden grünen Bären mit den Fingerspitzen fest und sagt zu ihnen: »Freundschaft ist, wenn du dir Sorgen um den Anderen machst und trotzdem hingehst. Wenn du ein Geschenk für ihn hast und trotzdem hingehst. Wenn du Angst vor der ganzen Welt hast und dir selber nicht über den Weg traust und das Wetter miserabel ist und der Tag sowieso und wenn du dann trotzdem zu diesem einen Menschen gehst. Das ist dann vielleicht Freundschaft.«

Mein Vater lässt die Gummibärchen behutsam los, trinkt noch einen Schluck Wasser, setzt zu schnell mit dem Weiteratmen ein, verschluckt sich und bekommt einen so heftigen Hustenanfall, dass der Tisch und unser uraltes Haus wackeln.

Als er ein paar Sekunden später wieder unter den annähernd Lebenden weilt, frage ich ihn vorsichtig: »Aber wenn es Leute gibt, die das nicht wollen? Die gibts doch. Die gibts doch immer, das weißt du. Oder ... wenn es irgendwie ... lebensgefährlich ist? Oder sonst irgendwas? Wenn es also nicht gerade empfehlenswert ist, da hinzugehen? Was soll ich dann machen?«

Mit Hustentränen in den Augen zeigt er auf den Rest der klebrigen Gemeinschaft, stellt ein paar umgefallene Gummibärchen mit allergrößter Sorgfalt wieder auf und sagt abfällig: »Also hör mal! Das sind alles nur Hindernisse. Lauter kleine Hindernisse. Kinderkram. Mit denen wirst du im Schlaf fertig. Die kannst du gleich wieder vergessen.«

»Ja, okay, gut. Aber was mache ich bitte schön mit den großen Hindernissen? Was ist, wenn da auch ein großes ist, was dann?« Ich nehme ein braunes Apfelstück und lege es wie eine Mauer zwischen die beiden grünen Gummibärchen, die erstaunlicherweise immer noch aufrecht dastehen und die noch nicht einmal das bedrohliche Apfelstück zu Fall bringen konnte. »Was dann?«

»Dann das«, sagt mein Vater seelenruhig und stopft sich das Apfelstück in den Mund, kaut es in Zeitlupe, verzieht dabei angewidert sein Gesicht und deckt seinen Vitaminbedarf für drei Wochen. »Hindernisse«, sagt er mit vollem und schwer leidendem Mund, »Hindernisse sind bekanntlich dazu da, aufgegessen zu werden.«

Und als wäre dieser Satz ein geheimes Kommando, fangen wir an, die Gummibärchen einzusammeln, die die beiden grünen Bären umzingelt haben, stecken uns eins nach dem anderen in den Mund und kauen mit aller Kraft auf den kleinen Hindernissen herum, auf der Angst und dem BKA und dem trockenen Humor von Hannas Mutter und den Schüssen und noch mal auf der Angst und überhaupt auf allem, was mich noch davon abhalten könnte, jetzt sofort in Richtung Grisebachweg zu gehen und Hanna den Umschlag und mein Geschenk zu geben, wir essen alle handwarmen Hindernisse auf, und was bleibt, sind nur noch zwei grüne Gummibärchen, ein paar klebrige Hinderniskrümel zwischen den Zähnen und ein, zwei helle Stunden, bevor die Dunkelheit einsetzen wird.

Manchmal glaube ich, mein Vater ist der einzige Mensch auf der ganzen Welt, der *nicht* schräg ist.

16

Noch nicht.

Bitte noch nicht.

Ich stehe schräg gegenüber von Hannas Haus und hoffe sehr, dass sie mich, sollte sie jetzt zufällig aus dem Fenster schauen, nicht auf meinem peinlichen Posten entdeckt oder dass sie mich wenigstens für jemand vollkommen anderen hält, eine orientierungslose Briefträgerin zum Beispiel, die sich im Viertel verlaufen hat.

Ich bräuchte nur rüberzugehen und zu klingeln, ganz einfach, aber ich fürchte mich, fühle ein flackerndes Unbehagen, habe Angst vor jedem neuen Teil des Hanna-Puzzles, das mir vorgesetzt werden könnte. Und dieses Haus ist sicher voll von diesen Puzzleteilen, Hannas Eltern sind voll davon.

Ich habe Angst vor Hannas Eltern.

Immer wieder atme ich kräftig ein und aus, atme mir Mut an, atme mir Angst aus, lasse mein Herz klopfen und hämmern, friere an den Füßen und an den Fingerspitzen und bin nach ein paar Minuten kurz davor, bei Hanna zu klingeln. Aber da taucht wie aus dem Nichts eine nicht mehr junge Frau auf, steuert zielstrebig und sportlich auf Hannas Haus zu und geht die drei Stufen zur Haustür hoch.

Für einen winzigen Augenblick denke ich tatsächlich, da steht jetzt eine Frau vom BKA, endlich steht da mal eine Frau vom BKA, endlich, nach all den Wochen und Hannas schlechten Launen, ist meine Geschichte wahr, hoffentlich ist meine Geschichte nicht wahr. Aber kurz darauf, nach dem Bruchteil eines

Wimpernschlags, da begreife ich, dass das BKA weit weg sein muss und die Frau vor der Tür eben doch nur Frau Schneidereit vom LFV ist.

Landfrauenverein.

Als Hannas Mutter die Tür aufmacht, kann ich aus der Ferne sehen, dass sie in nächster Zeit keine Landfrau werden wird. Sie schaut Frau Schneidereit so verächtlich an, als wäre die eine ungebetene Außerirdische, die leider vergessen hat, vorher anzurufen. Ich bin aufgeregt, trete auf der Stelle und knistere laut mit dem gepolsterten Umschlag, aber drüben kann es zum Glück keiner hören.

Hannas Mutter scheint Frau Schneidereit eine kleine Weile zuzuhören, aber dann schlägt sie ihr die Tür vor der Nase zu, ohne Abschiedsgruß und alles. Die Abgewiesene bleibt noch kurz auf der Fußmatte stehen, Standbild bis zum Hals, nur ihr Kopf bewegt sich langsam hin und her. Aber es hat nichts Sportliches mehr. Sie weiß jetzt, dass an dieser Tür nichts und niemand mehr zu holen ist, und ich bin froh, dass ich ihr Gesicht nicht anschauen muss, denn vermutlich wird mein eigenes gleich genauso aussehen.

Dann dreht sich Frau Schneidereit plötzlich doch noch um, sie scheint in den letzten Minuten etwas älter geworden zu sein. Sofort bücke ich mich und hantiere an meinen straff gebundenen Schnürsenkeln herum. Als ich wieder nach oben komme, ist sie verschwunden, *jetzt!*, denke ich, *jetzt!*, dann ist es wenigstens gleich vorbei, dann hat es schon fast angefangen. Und mit drei, vier, fünf großen Schritten gehe ich nach drüben, zittere mich die Stufen zur Haustür hoch und drücke auf die Klingel, neben der kein Name steht.

Jetzt!

Am Blick von Hannas Mutter kann ich gleich erkennen, dass ich nicht als Landfrau durchgehe, aber das ist auszuhalten. Denn obwohl sie beim Öffnen der Tür sicherheitshalber finster geguckt hat, hellt sich ihr Blick etwas auf, als sie merkt, wer da eindeutig nicht vor ihr steht: Frau Schneidereit.

Kurz danach scheint sie aber zu begreifen, wer da vor ihr steht, und ihr Blick verfinstert sich wieder. Ich denke an ihr unfreundliches Gastspiel am liechtensteinischen Kirschenabend, ich denke an *Verdammt noch mal* und an *Kein Kontakt* und überlege krampfhaft, wie ich Hannas Mutter so kontaktlos wie möglich begrüßen könnte.

»Ich«, sage ich wahrheitsgetreu, danach weiß ich nicht mehr weiter.

»Tut mir leid, sie kann gerade nicht«, antwortet Hannas Mutter auf meinen gut durchdachten Satz, sie scheint auf jeden Fall gesprächiger als ich zu sein, fröhlich ist sie nicht. Ich kralle meine Fingernägel in Frau Mattais armen gepolsterten Umschlag, der nichts dafür kann, und frage schnell: »Dann ... äh ... dann ist Hanna also da?«

»Ja. Und nein«, stößt Hannas Mutter laut und wenig begeistert hervor.

»Also. Das versteh ich nicht.«

Hannas Mutter guckt mich jetzt schon freundlicher an, freundlicher als neulich und freundlicher als vor einer Sekunde. »Sie ist krank«, sagt sie. »Sie ist erkältet und sitzt oben in der Badewanne.«

Hinter ihr taucht der Mann auf, den ich schon im Supermarkt gesehen habe und der viel bärtiger als mein Vater ist, aber ohne weiße Stoppelspitzen. Er sieht blass und müde aus, beide sehen sie blass und müde aus, sie kommen mir vor wie zwei Menschen, die seit Jahren nicht mehr richtig geschlafen haben. Oder die noch nie draußen waren. Hannas Mutter sagt zu ihm:

»Geh doch bitte mal nach oben und frag sie, wie lange sie noch braucht, vielleicht hat sie sich ja schon abgetrocknet und kann gleich runterkommen.«

Es klingt wie gespielt.

Schultheater.

Der Mann, er muss wirklich Hannas Vater sein, geht mit klappernden Pantoffeln die Treppe hoch, trotz seiner Bärtigkeit habe ich die Ähnlichkeit zu Hanna erkennen können. Was ich außerdem sehe, ist, dass nirgendwo Bilder hängen, hier ist nichts Unordentliches, nichts Unnützes, kein Weihnachtsschmuck, kein Spiegel, kein Familienfoto, nur ein paar Jacken hängen da, in einer Ecke steht ein Regenschirm und auf einer Fußmatte warten drei Paar Schuhe. Keines davon gehört Hanna, da bin ich mir sicher.

Ihr Vater ist jetzt oben vor der Badezimmertür angekommen und ruft so laut, dass es auch unten sehr gut zu hören ist: »Na, wie siehts aus? Alles klar da drin? Bist du noch in der Wanne? Und kommst du dann langsam mal raus? Da unten ist Besuch für dich.«

Eine Weile ist es still, die Badewannenantwort bleibt oben im ersten Stock. Dann ruft Hannas Vater nach unten: »Sie sagt, sie braucht noch ein bisschen. Und danach will sie sich gleich wieder hinlegen. Sie sagt, der Besuch soll in ein paar Tagen noch mal kommen.«

Wir haben ihn klar und deutlich gehört, Hannas Mutter und ich, und wir haben uns dabei angesehen. Trotzdem wiederholt sie beinahe wortwörtlich, was gerade zu uns heruntergerufen wurde. »Sie braucht noch ein bisschen«, sagt sie zu mir. »Und will sich danach gleich wieder hinlegen. Komm doch am besten in ein paar Tagen noch mal.«

Es klingt merkwürdig, ungefähr wie eine laute und also sinnlose Form von *Stille Post*. Genauso seltsam ist, dass hier niemand

Hannas Namen ausspricht, ihre Eltern reden über sie, als wäre sie eine halbgeliebte Tante, die meistens verschwiegen wird, aber eben doch zur Familie gehört.

Ich sehe auf den Umschlag in meinen Händen, der nicht mehr besonders neu aussieht, eher faltig und benutzt, schaue auf das Geschenk, das faltenfrei obendrauf liegt, und sage: »In ein paar Tagen ist Weihnachten, da komm ich lieber nicht.«

Hannas Mutter zeigt auf den Umschlag und das Geschenk.

»Und was ist damit, willst du das hierlassen?«

Meine Antwort scheint ihr vollkommen egal zu sein. Ohne sie abzuwarten, nimmt sie mir den Umschlag und das Geschenk ab, sie entreißt mir die beiden Sachen förmlich, balanciert dann den Umschlag ungeschickt auf der flachen Hand und versucht mich mit der anderen Hand aus ihrem traurigen, schmucklosen Haus zu schieben, die Tür steht ja noch offen.

Sie berührt mich etwas zu heftig an der Schulter und ich glaube, dass sie über sich selbst erschrickt, denn gleich danach streichelt sie die Stelle vorsichtig mit zwei Fingern, kann mich dabei aber nicht ansehen.

Und erst da, viel zu spät, begreife ich, dass mir Hannas blasse, müde Eltern etwas ausreden wollen, das ich bis vor einer Sekunde selbst noch gar nicht wusste. Ich verstehe, dass in diesem Haus nichts und überhaupt nichts stimmt, dass alles leer und durcheinander und schon gar nicht mehr wahr ist, nie wahr gewesen ist. Dass sie mich belogen haben. Aber das hat nicht funktioniert, nicht bei mir. Und ich nehme Hannas verblüffter Mutter das kleine Geschenk mit einer einzigen schnellen Handbewegung wieder weg, lasse ihr nur noch Frau Mattais Umschlag da und sage im Hinausgehen leise und ohne mich noch mal umzudrehen: »So. Und jetzt geh ich mal Hanna suchen.«

17

Und das: warum man nicht zugeben kann, dass das eigene Kind verschwunden ist, warum man das eigene Kind ins Haus zurücklügt, warum man es in die ausgedachte Badewanne setzt und krank sein lässt, genau das ist jetzt die Frage. Die Frage zieht mich durch die Straßen und an den Weihnachtsbeleuchtungen vorbei, sie zieht mich durch die Dämmerung, zieht durch meinen Kopf, und eine Antwort gibt es nicht, eine Antwort kann es gar nicht geben, denn die Antwort wäre ja, dass man Hanna entführt hat und dass niemand etwas davon mitkriegen darf, nur das BKA, das sich längst auf die Suche begeben hat, weshalb es auch nicht vor Hannas Haus stehen konnte, vorhin, als stattdessen einfach Frau Schneidereit geklingelt hat.

So eine Antwort braucht kein Mensch.

Und beinahe wünsche ich mir, dass Hanna weggegangen ist, weil sie das Versteckspiel und das gefälschte Leben satthatte. Dass sie mit großen Schritten zurückgegangen ist, weit zurück, auf direktem Weg in ihren alten Namen hinein, keine Fälschungen mehr. Zurück in den Menschen, der sie irgendwann mal war.

Kann sein, dass Frau Mattai das heute früh schon gewusst hat, kann sein, dass ich das heute Nachmittag schon gewusst habe, als ich mit den Gummibärchen, den Apfelstücken und meinem Vater am Tisch gesessen habe, vermutlich ist mir alles schon klar gewesen, noch bevor ich die Gesichter von Hannas Eltern gesehen habe.

Und darin die Abwesenheit ihrer Tochter.

Ich gehe weiter durch die Dämmerung, die sich Lichterketten

umgehängt hat, es ist ein klarer, eisiger Nachmittag, viel zu kalt, um lange herumzulaufen. Hanna könnte schon sonst wo sein, über alle Berge oder hinterm nächsten Tal, nur nicht zu Hause eben, da bin ich mir immer noch sicher. Und dort, wo sie ist, wird sie von niemandem beschützt, nicht vom BKA, nicht von Frau Schneidereit, nicht von ihren Eltern und auch nicht von einem anderen Menschen, der sie ebenfalls gern beschützen würde, hoffentlich hat sie Handschuhe dabei.

Zwei Männer kommen mir entgegen, eine Frau mit Kinderwagen. Der Lichtschein eines Busses schwappt auf mich zu, *Hanna, sag mal was!, sag doch mal was!*, aber Hanna sagt nichts, Hanna bleibt verschwunden und ohne Stimme. Stattdessen fängt das Baby im Kinderwagen, mittlerweile schon hinter mir, zu weinen an, was nur ein schwacher Trost ist.

Aber ich drehe mich trotzdem um und sehe nicht nur die Frau mit dem Kinderwagen, sondern auch die beiden Männer, die schon weit weg sind und anders aussehen als die Männer, vor denen Hanna neulich weggerannt ist, das weiß ich, auch wenn sie nur noch eine verschwommene Erinnerung sind. Und doch bringen sie mich auf eine kleine Idee, zeigen sie mir den Weg, ohne es zu merken, es gibt jetzt eine Richtung, und die Richtung heißt: Hanna.

Vielleicht weiß ich, wo sie ist.

Ich werde nie verstehen, warum man so viele Gebäude braucht, nur um ein paar kümmerliche Sterne zu betrachten: ein Heizungshaus, ein Astrografengebäude, einen Sonnenturm und ein Spektroheliografenhaus. Die Namen stehen auf altmodischen Schildern, die an den Türen hängen, und ich konnte sie als Kind kaum lesen, sie waren für mich so unverständlich wie die Hochgeschwindigkeitsgespräche von Erwachsenen. Jetzt könnte ich die Namen lesen, aber es ist viel zu dunkel dafür, die Dämmerung ist vorbei und der Abend dunkelblau und angsteinflößend, außerdem kenne ich die vier Namen auch ohne die Schilder.

Hanna wäre verrückt, wenn sie sich hier verstecken würde.

An der Sternwarte ist alles finster, alles still, so einsam ist es hier, die Gebäude haben etwas Trauriges an sich, wie ein Vater, der mit einem leeren Badezimmer spricht. Ich rüttele an der Holztür vom Heizungshaus, nichts, ziehe an der vergitterten Tür vom Spektroheliografenhaus, drücke auch die Türklinke vom Sonnenturm herunter und probiere es schließlich noch an der Metalltür vom Astrografengebäude.

Aber vergeblich, ich bin die Einzige hier, alles ist zu. Und ich fürchte mich ein bisschen, obwohl es trotz der Dunkelheit noch nicht spät sein kann, zumindest noch nicht Abend. Es ist finster, das muss für meine Angst genügen.

Wenn ich durch irgendeinen Zufall nicht erfriere, werde ich stattdessen ermordet, und ich kann mir auch schon die Schlagzeile in der Zeitung vorstellen, *Mord an begeisterter Freizeit-Astronomin: Tod beim Blick in die Sterne*. Der Fotograf der Lokalzeitung wird sich ärgern, dass ich auf keinem seiner alten Fotos zu finden bin.

Dabei hatte ich noch nie besonders viel für Sterne übrig, für Galaxien und Sternbilder und für das, was da oben sonst noch rumliegt, rumschwebt, alles ist so weit hergeholt, Lichtjahre weit, nichts für mich. Nur eines mag ich: dass es da oben so viel übrig gebliebenes Licht geben soll, das immer noch unterwegs ist. Sogar das Licht vom Urknall soll noch irgendwo durchs All geistern, Milliarden Jahre alt, das All ist eine riesige Sammelstelle für altes Licht. Und vermutlich ist dieses All meiner Großmutter sehr ähnlich.

Es kann einfach nichts wegwerfen.

Bloß: Was kümmert mich das Universum, wenn ich mich noch nicht mal hier, in dieser winzigen Stadt, auskenne, in der man doch sonst nichts übersehen kann? Wenn ich niemanden wiederfinde, noch nicht mal einen einzigen Menschen? Nicht mal Hanna?

Ich setze mich auf die eiskalten Stufen vom Astrografengebäude und erschrecke, weil ich kurz denke, dass man manchmal auch deshalb nicht gefunden wird, weil man gar nicht erst verschwunden ist. Weil man nie in einem Zeugenschutzprogramm war, wieso auch, wieso denn auch?, und weil man ein normales Leben führt und so heißt, wie man heißt, keinen Buchstaben anders, und weil man manchmal krank in der Badewanne liegt und einen Vater hat, der mit einem durch die geschlossene Tür spricht.

Hanna.

Schon wieder glaube ich, ich habe mir ihr ausgedachtes Leben selber ausgedacht.

Erst jetzt fällt mir ein, dass ich, seit ich hier sitze, die meiste Zeit auf den Boden gesehen habe, auf meine Knie, meine schmutzigen Turnschuhe, überallhin, nur eben nicht nach oben. Dabei gehört sich das in einer Sternwarte so, auch wenn sie aus ausgedienten und für immer reservierten *Sykora*-Gebäuden besteht und ohne Geräte auskommen muss.

Ich lege den Kopf in den Nacken und schaue endlich doch noch in den Himmel, der beinahe schwarz ist, der genug für heute hat, Licht aus. Ohne Teleskop sehe ich nach oben und da oben leuchten die Sterne, wie auf Kommando gehen sie über mir an, es ist das erste Mal in diesem Winter, dass ich so viele Sterne auf einmal sehe, dass ich überhaupt mal welche sehe.

Es ist wunderschön.

Weit über mir wölbt sich eine riesige Sternkarte, die ich nicht lesen kann, meine Augen verlaufen sich, stolpern, finden den Weg nicht mehr. Überall, wo ich hinsehe, taucht ein neuer Stern auf, um mich noch mehr zu verwirren, all das neue Licht da oben, all das alte, vergangene, herumspukende Licht da oben, dieses ganze Licht.

Es kann immer auch eine andere Geschichte wahr sein.

Und endlich weiß ich, wo Hanna wirklich ist.

18

Sie sitzt im dunklen Schuppen und sieht enttäuscht aus, als sie mich erkennt, enttäuscht und ein wenig trotzig, was aber zum Glück nichts Neues ist. So ist sie mir zum ersten Mal begegnet, ich kann mir Schlimmeres vorstellen. Im Licht meines Handys ist ihr Gesicht weiß und halb erfroren, lila schimmern ihre Lippen, die Augen blinzeln. Hanna sitzt auf einem der klapprigen Gartenstühle meiner Großmutter, die Hände in den Ärmeln ihrer Jacke versteckt, auf ihrem Schoß hat sie einen angebissenen Apfel liegen.

»Wen hast du erwartet?«, frage ich, ohne sie zu begrüßen. »Nicht mich, oder?«

»Na ja, auf jeden Fall niemanden in deinem Alter.«

»Die älteren Semester sind leider ausgeflogen«, sage ich. »Richtung Tunesien. Wie übrigens meistens in der Weihnachtszeit. Die älteren Semester kommen erst Mitte Januar zurück. Sie zeigen dann unfassbar viele Urlaubsfotos, die jedes Jahr gleich aussehen. Und zwingen einen, Crema Spezial zu trinken. Am besten, man hat Mitte Januar einen wichtigen Termin.«

»Oh«, sagt Hanna, und ich weiß nicht, ob sie damit meint, dass sie jetzt gern so einen Crema Spezial hätte, schön heiß und mit Würfelzucker aus dem Rentnerverein. Sie nimmt den Apfel von ihrem Schoß, lässt ihn wie eine Bowlingkugel in eine Schuppenecke rollen und sagt dann: »Und ich hätte hier gewartet und gewartet. Oh Gott. Bis dahin wäre ich hier komplett erfroren. Oder verhungert, man kann ja nicht nur Äpfel essen. Oder einfach an Langeweile gestorben. Ehrlich, wer fliegt denn bitte in der Weihnachtszeit nach Tunesien?«

Während sie spricht, merke ich, dass sie zittert, zwischen den Buchstaben macht sie winzige Pausen, die zwischen den Wörtern sogar größer werden. Es dauert ewig, bis sie ihre Sätze hergegeben hat und mit dem Reden fertig ist. Ihre Transformation in einen hannaförmigen Eisklumpen muss unmittelbar bevorstehen.

»Wusstest du eigentlich, dass es hier Decken gibt? Alte und muffige, aber richtig warme Decken?«, frage ich sie, ohne ihre Tunesien-Frage zu beantworten. Dann mache ich einen Schritt auf die große Truhe zu.

»Die ist zu«, kommt es von hinten. »Versuchs gar nicht erst. Nicht mal Rütteln hilft.«

Ich höre nicht auf Hanna, sondern lehne mein leuchtendes Handy ans Fenster, lege mein Geschenk dazu und hoffe, dass es Hanna nicht sehen kann. Dann schiebe ich die Truhe ein Stückchen vor und taste auf der Rückseite nach dem Schlüssel, der da irgendwo kleben muss.

Ich kenne meine Großmutter nicht gut, aber die Sache mit dem Schlüssel habe ich nicht vergessen, die Sache mit den wärmsten und dicksten Decken im Umkreis von fünf Kilometern. Als ich den Schlüssel gefunden habe, schließe ich die Truhe auf und bewerfe Hanna mit zwei Decken, hole auch für mich zwei heraus und frage sie dann: »Seit wann bist du eigentlich hier?«

Hanna kämpft mit ihren Decken und ich gehe zu ihr hin und helfe ihr, wickele sie ein wie eine alte Frau und sehe, wie sich ihr Gesicht entspannt, auch wenn sie immer noch zittert. Sie antwortet: »Seit heute früh. Spontane Entscheidung. Blöde Entscheidung.«

Ich entdecke ihren Schulrucksack, die *Gotischen Kirchen*, die oben herausgucken und sich die Dunkelheit anschauen, sehe eine leere Wasserflasche auf dem Boden. Und ich versuche mir vorzustellen, wie sie heute Morgen einfach nur falsch abgebogen ist, mit ihren Füßen und ihren Gedanken, es ist nicht sehr schwer, sich das auszumalen, sogar, dass sie das mit Absicht getan hat. Was ich aber überhaupt nicht begreifen kann, das ist, warum man nach einer solchen Aktion unbedingt zu jemandem wie meiner Großmutter gehen muss.

Ich hole mir jetzt auch einen Gartenstuhl, setze mich und wickele mich ein. Hanna scheint es nur langsam wärmer zu werden, die Decken reichen ihr bis über den Mund, trotzdem ist die Nase darüber noch rot vor Kälte, Hanna sieht aus wie eine absolut bedauernswerte Mumie, die aus ihrer warmen Pyramide in den Schuppen meiner Großmutter umziehen musste.

Als Hanna wieder etwas sagt, merke ich, dass ihre Stimme etwas weniger als vorhin zittert, sie klingt weicher, nicht mehr so abgehackt. Hanna fragt: »Aber ... also ... woher wusstest du denn, dass ich hier bin?«

Erst da fallen mir Hannas Eltern wieder ein, die vor Sorge schon ganz krank sein müssen und deren Gesichter sicherlich ihren letzten erkennbaren Farbanstrich verloren haben. Kurz überlege ich, ob ich Hanna erzählen soll, was ich bei ihr zu Hause erlebt habe, dieses verrückte Schauspiel, das mir jetzt, wo ich Hanna leibhaftig und ohne Badewanne vor mir sehe, noch gruseliger vorkommt.

Aber vermutlich würde diese Geschichte Hanna noch viel mehr Angst machen als mir. Deshalb entscheide ich mich für eine kaum durchdachte Notlüge und behaupte, dass ich leider bei meiner Großmutter die Blumen gießen musste, weil sich Carlo wieder davor gedrückt hat, und dass ich nur mal nachsehen wollte, ob auch im Schuppen alles in Ordnung ist, die Äpfel, die Stühle, man weiß ja nie.

Und das ist das Einzige, was stimmt.

Dass man wirklich nie weiß.

Nie.

Hanna scheint mit meiner Antwort aber trotzdem zufrieden zu sein. Es ist jetzt wieder still im Schuppen, still und kalt, im Fenster leuchtet meine Handytaschenlampe, überall liegen Äpfel herum, Äpfel, Äpfel, Äpfel. Und eigentlich könnte ich Hanna jetzt endlich mal fragen, warum sie ihre Flucht heute Morgen hierher führen musste, ins große, alte Crema-Spezial-Nichts.

Aber dann fängt sie von allein zu erzählen an, mit schwacher, aber endlich nicht mehr zitternder Stimme sagt sie: »Neulich, als wir hier waren. Mir hat das so gefallen, alles hat mir gefallen, vor allem deine Oma, glaubs mir, und dass die so viele Sachen hat und dann noch einen Kaffeeautomaten und eine blaue Brille, blau, ich meine, das ist doch Wahnsinn, und schon da habe ich gedacht, dass, wenn ich mal sonst nirgendwo sein will, dass ich dann *hierher* gehe, ich habe gedacht, wie gut das sein muss, eine richtige Oma zu haben, die Wimpelketten im Garten hat und die die ganze Zeit da ist.«

»Na ja, fast die ganze Zeit«, verbessere ich Hanna. »Und außerdem sind das zerrupfte Gebetsfahnen aus Tibet, aber eigentlich sind die von *Chakra Chakra* und sollen Glück bringen. Irgendwelche Gebete sollen die in den Himmel tragen. Diese zerrissenen Dinger. Also ich weiß ja nicht.«

»*Chakra Chakra*? Den Laden habe ich schon mal gesehen, glaube ich. Und Gebete? Na ja. Noch ein Grund mehr, hier zu sein«, sagt Hanna und schaut auf ihren Mumienkörper. Schon wieder überlege ich, ob ich ihr von der Verzweiflung ihrer Eltern erzählen soll. Sie tun mir irgendwie leid, weil sie keine Chance haben, jemals das Versteck ihrer Tochter zu finden, nicht hier, hier entdeckt sie keiner. Aber Hanna unterbricht mich in meinen Gedanken, ihr ist jetzt etwas eingefallen.

»Das Geschenk«, sagt sie. »Das Geschenk, das du vorhin vors Fenster gelegt hast.«

»Ach, das.«

Es ist mir so peinlich, dass ich ein Weihnachtsgeschenk für Hanna habe, außerdem könnte ich nicht erklären, warum ich es mit mir rumtrage, wenn ich doch angeblich nur zum Blumengießen hier bin. Aber weil sie auf eine Antwort wartet, winke ich mit einer übertrieben elastischen Handbewegung ab und sage so gleichgültig wie möglich: »Das ist nichts weiter. Nur ein kleines Geschenk für dich. Weihnachten, du weißt schon. Du musst es nicht behalten, kein Problem. Du musst es noch nicht einmal nehmen.«

Es dauert eine Weile, bis Hanna etwas dazu sagt. Zuerst beugt sie einfach den Kopf nach vorn, sodass ihr die Wolldecke ein Stück von den Schultern rutscht, und ich fürchte schon, dass sie Geschenke nicht mag oder einfach nur genervt ist, genervt sein kann sie gut. Aber dann streckt sie ihren Rücken und ich kann sehen, dass alles anders ist. Denn Hanna strahlt. Sie strahlt wie ein kleines Kind und es ist mir fast unangenehm, sie so zu sehen, ich mag solche Situationen nicht und würde am liebsten aus ihnen herausrennen.

»Aber, also, warum … hast du das Geschenk denn überhaupt mitgenommen?«, fragt sie und sieht immer noch sehr froh aus. »Zu deiner Oma. Versteh ich nicht.«

»Wollte ich später noch bei dir vorbeibringen. Du warst ja nicht in der Schule. Ehrlich, das ist keine große Sache, guck lieber gar nicht erst rein. Du kannst es einfach da stehen lassen, dann nehme ich es nachher wieder mit.«

»Okay«, sagt Hanna. Dann steht sie auf, lässt ihre Mumienhüllen fallen, verheddert sich mit den Füßen darin und schafft es nach einem kurzen Deckenkampf, die wenigen Schritte zum Fenster zu gehen. »Okay«, sagt sie noch einmal, »dann mach ich es lieber gar nicht erst auf.« Sie lächelt mich kurz an und reißt das Geschenkpapier ab, vorsichtig und trotzdem mit Kraft, und sofort halte ich mir die Hände vors Gesicht und kann deshalb ihren Blick nicht sehen, höre nur, wie sie »Oh Gott, richtige Kirschschokolade!« ruft und »Warte, halt, Moment mal!« und »Was ist *das* denn?«.

Sie hat ihn gefunden.

Es ist alles so peinlich.

Ich nehme meine Hände vom Gesicht und sage: »Das ist ein Schlüsselanhänger. Siehst du ja. Absolut nichts Besonderes. Einfach nur ein gewöhnliches gotisches Fenster. Davon gibt es Tausende in den Museumsshops der gotischen Kirchen dieser Welt, was sag ich? Millionen! Auf der ganzen Welt, meine ich. Kann man überall bestellen. Und wie gesagt, du musst das Ding nicht behalten.«

Hanna sieht mich mit offenem Mund an. Sie strahlt nicht mehr, aber sie sieht auch nicht wütend aus, nur ernst. Trotzdem stampft sie mit einem Fuß auf und sagt: »So, Josef, und jetzt hörst du mir mal zu. Das da, das ist der schönste gotische Schlüsselanhänger, den ich je hatte, der geschwungenste Spitzbogen, der mir je untergekommen ist, und du weißt ja, wie viele Spitzbögen man jeden Tag zu sehen bekommt, und verdammt, guck dir mal die Farben an, das sind die schönsten Farben, die je auf einem gotischen Fenster geklebt haben, und wenn du noch einmal sagst, dass ich den Schlüsselanhänger nicht behalten muss, esse ich die Schokolade ganz alleine auf.«

»Äh«, sage ich.

»Und du bekommst kein Stück, ich werde alles alleine essen«, droht Hanna noch einmal und streckt dabei den Zeigefinger nach oben.

»Du solltest«, sage ich beschämt und mit einer Stimme, die schon mal fester war, »du solltest das Fenster mal bei Lichte besehen. Da ist es noch schöner. Unten rechts ist ein kleiner Schalter, die Batterien sind schon drin.«

Hanna knipst das Licht an und die sechs bunten Felder des kleinen gotischen Fensters leuchten in Pink, Rot, Blau, Hellblau, Gelb und Grün auf, und da stimmt es plötzlich, es ist wirklich der schönste gotische Schlüsselanhänger, den Hanna oder jeder andere Mensch auf dieser Erde jemals besessen hat.

Sie stellt ihn an die Fensterscheibe, kommt wieder zurück zu ihrem Stuhl und macht die Schokolade auf, »Geh lieber in Deckung, du weißt, dass ich mit Kirschen nicht gut umgehen kann«, sagt sie, aber ich winke ab. »Mach dir mal keine Sorgen, ich gewöhn mich langsam dran.«

Und dann sitzen wir einfach nur da.

Dann kauen wir nur, dann schweigen wir, und das Schweigen ist wie eine schöne, weiche, sehr leise Stimme und alles fühlt sich so an, als wäre heute Weihnachten, die klapprigen Gartenmöbel und die Äpfel sind unsere wortkargen Weihnachtsgäste und die Schokolade schmeckt nach den Tortenstücken alter Frauen, aber wir essen sie trotzdem, wir kauen und kauen und schweigen und schauen auf das winzige bunte Fenster im großen Schuppenfenster, wir machen uns keine Sorgen, wir gewöhnen uns langsam dran.

Alles fühlt sich richtig an.

Aber dann, nach wer weiß wie vielen Minuten, hört eine von uns urplötzlich mit dem Schweigen auf und sagt: »Das Fenster ist wunderschön. Ehrlich, so was habe ich noch nie gesehen. Vielleicht etwas kitschig. Oder wahnsinnig kitschig. Weißt du, ich glaube, so ein Fenster kann die Rettung sein.«

Die andere von uns erstickt fast an ihrem Schokoladenstück und fragt dann vorsichtig: »Rettung? Wovor? Wovor musst du denn gerettet werden?«

Aber Hanna zuckt nur mit den Achseln. Dann stopft sie sich ein viel zu großes Stück Schokolade in den Mund und kaut wieder. Ihr Blick ist unruhig, sie sieht aus, als würde sie angestrengt nachdenken, mag sein, dass ich gleich die große Sammelantwort bekomme, die Antwort auf alle anderen Fragen, die ich nie gestellt habe.

Aber dann bricht sich Hanna schon wieder ein Stück Schokolade ab und sagt mit vollem Mund: »Du wolltest mir übrigens noch was erzählen. Du wolltest mir sagen, warum du die Leute auf der Straße nicht anguckst. Oder die im Schulflur. Und all die Anderen, die du nicht kennst.«

Mit einem Schlag ist Weihnachten vorbei, zwei Tage vor Weihnachten. Mir ist kalt, die Decke ist von meinen Beinen gerutscht, das merke ich erst jetzt. Am liebsten würde ich aufspringen und aus dem Schuppen und dann nach Hause rennen, Freundschaft ist, wenn der Andere dich etwas fragt und du trotzdem antwortest, Freundschaft ist, wenn dir der Andere die unangenehmste aller Fragen stellt und du trotzdem nicht aufspringst, trotzdem nicht nach Hause rennst, gut, denke ich, okay, dann also los. Und ich sage: »Ich guck sie nicht an, weil ich nicht sehen will, wie sie *mich* nicht angucken.«

Ich merke, dass Hanna kein Wort versteht. Es ist, als würde sie das Gehörte in ihrem Kopf hin und her schieben und von allen Seiten befühlen, als würde sie es betrachten und bedenken, aber trotzdem zu keinem Ergebnis kommen. Sie will etwas sagen und sagt es dann doch nicht, zwei- oder dreimal geht das so, gehen ihre Augen hin und her, bis sie mich endlich ruhig ansieht und flüstert: »Und wenn doch? Was, wenn sie dich doch anschauen?«

Ich schüttele den Kopf und weiß doch gar nicht, was ich damit meine, kann sein, dass es nur bedeutet: Ich will so etwas nicht hören, nicht von Hanna, nicht von irgendwem. Mit einem Mal habe ich das Gefühl, dass ich mich mit einem einzigen Satz leergeredet habe, außerdem bin ich mir sicher, dass mich Hanna ab sofort seltsam finden wird.

Hanna selbst scheint sich da allerdings nicht so sicher zu sein, im Gegenteil. Sie erhebt sich von ihrem Stuhl und bittet auch mich darum, aufzustehen. Dann nimmt sie den letzten Riegel der Schokoladentafel und hält ihn mit beiden Händen wie ein sehr kleines Schwert über meinen Kopf. Was folgt, ist zwar kein Ritterschlag, aber mindestens etwas ähnlich Feierliches und Königinnenhaftes. Mit dem leuchtenden gotischen Fenster im Rücken sagt Hanna todernst: »Josef. Hiermit erkläre ich dich offiziell für sichtbar. Ab sofort bist du ein sichtbares Wesen. Merk dir das bitte.«

Ich muss lachen, doch es ist ein gemischtes Lachen, denn in meiner Kehle hat sich ein Weinen versteckt, winzig, aber schwer. Obwohl es so klein ist, kann ich es nicht herunterschlucken, und damit es auch weiter im Verborgenen bleibt, nehme ich Hanna schnell das Schokoladenschwert weg, breche es entzwei und gebe ihr die Hälfte.

Sie lacht immer noch nicht.

Mit einem Blick, der mir wie erwachsen vorkommt, steckt sie sich die Schokolade in den Mund und geht dann kauend und leicht schmatzend zum Fenster, nimmt mein Handy und macht das Taschenlampenlicht aus. Dann versucht sie ausgerechnet hier und jetzt mit ihrer sonderbaren Ernsthaftigkeit ein Foto von mir zu machen, dabei ist es im Schuppen meiner Großmutter fast stockdunkel, nur der bunte Schlüsselanhänger spendet noch einen Hauch gotisches Licht.

Hanna sagt nicht »Bitte lächeln«, als sie mein Handy hochhält, sie sagt »Josef«, so als wäre Josefsein eine ganz normale Tätigkeit, für die man nur ein, zwei bestimmte Bewegungen machen muss, bis man sie perfekt beherrscht. Und während sie mich fotografiert und sich dabei ein bisschen nach vorn beugt, sage ich »Hanna«, als wäre Hannasein eine ganz normale Tätigkeit, die sie wirklich und wahrhaftig ausübt, es fällt mir immer noch schwer, das zu glauben.

Als sie mir das Handy zurückgibt, schaue ich mir das Foto nicht an, sondern sage bloß: »Das ist doch viel zu dunkel. Das ist sowieso nichts geworden.«

»Quatsch!«, sagt Hanna. Sie sieht jetzt nicht mehr erwachsen aus, und ich kann mir sogar vorstellen, wie ihre Eltern sie sehen müssen, wie alle Eltern ihr Kind sehen müssen, nur kurz kann ich das verstehen. Aber es bringt mich dazu, Hanna zu sagen, dass wir jetzt dringend gehen müssen, keine Widerrede, und dann lüge ich schon wieder, weil ich nicht weiß, ob sie nach Hause wollen würde, wenn sie die Wahrheit wüsste.

»Komm«, sage ich, »lass uns heimgehen, meine Eltern machen sich sicher schon Sorgen, die sind bestimmt schon ganz wahnsinnig, du kannst dir echt nicht vorstellen, wie die sein können.«

»Doch, kann ich mir vorstellen. Ziemlich gut sogar. Ich mag sie. Würde sie gern mal wieder erleben.«

»Anspucken, meinst du.«

»Erleben, anspucken, ja. Völlig egal. Irgendwas in der Art. Hauptsache, bald.«

Ich stopfe die Decken zurück in die Truhe, schließe sie ab und drücke Hanna ihr leuchtendes gotisches Fenster in die Hand. Sie knipst das bunte Licht aus, packt den Anhänger vorsichtig zu dem Kirchenbuch in ihren Schulrucksack, keine Widerrede, sie lässt es geschehen, sie kommt einfach mit. Und ich frage mich, ob sie überhaupt ihr Handy dabeihat und ob es die ganze Zeit mit uns mitgeschwiegen hat und Tausende stummer Anrufe im Magen hat. Gehört habe ich nichts.

Wir gehen unter den friedlich zerfetzten *Chakra Chakra-*

Wimpelketten durch den Garten, und Hanna wirft ihren angebissenen Apfel, den sie aus seiner Schuppenecke befreit hat, in ein Gebüsch. Hier draußen ist es finster und klirrend kalt, die Luft riecht nach frischen, freundlichen Kaminfeuern, nach Weihnachtsferien. Wir sagen nichts, aber es ist kein Schweigen mehr, nur noch irgendetwas Ähnliches, eine besondere Sorte Tonstörung.

Wir gehen durch die Straßen und die Stadt ist leer, das ist sie meistens, nur dass es im Dunkeln nicht mehr so traurig aussieht, die Häuser kommen mir sogar beschützt vor, es ist gut, dass Hanna jetzt zu ihren Eltern geht. Zumindest eine Zeit lang denke ich das, zumindest einen Heimweg lang, und als wir vor Hannas Haus stehen und ich auf die Klingel drücke und die Tür aufgeht, da denke ich es schon nicht mehr.

19

Dann fängt Hanna an zu verschwinden. Doch ich merke es nicht, ich merke es lange nicht. Wenn ich sie sehe, ist sie da, wenn sie neben mir sitzt, dann sitzt sie neben mir, wer sie ist, ist egal. In den Wochen nach den Weihnachtsferien schafft sie es, gleich zwei von Frau Mattais getrockneten Bibergehirnen zu bestimmen, und sie erträgt sogar ein lautes Experiment des explosiven Herrn Wittstock, aber nur, weil er sie fünfmal vorgewarnt hat.

In der Klasse gibt es jetzt ein paar Leute, die mit Hanna reden, die sogar mit uns beiden reden, so als wären wir ein kleiner, angesagter Freundeskreis, ein echter Geheimtipp. Es muss sich langsam entwickelt haben, wie nebenbei, zumindest kann es nicht über Nacht gekommen sein. Es fühlt sich fast so an, als wäre es nichts Neues und schon ewig so gewesen.

Es ist nichts Dramatisches.

Es ist klein und schön.

Wir sind da hineingewachsen.

Ihre *Gotischen Kirchen* hat Hanna immer dabei, legt sie auf der Schulbank ab, hält sie in der Hand, trägt sie unterm Arm, schmeißt sie irgendwohin. Und jedes einzelne Mal behandelt sie dieses arme Buch so schlecht, dass man es kaum noch als Buch erkennen kann. Aber es ist ja auch keins. Es ist Hannas Zuhause, unsaniert, schief, die Wände feucht, ein uraltes Heim.

Wie das Haus, in dem ich wohne.

Der bunte Schlüsselanhänger hängt am Reißverschluss ihres Rucksacks, an diesem kleinen Metallteil, dessen Namen keiner kennt, in keiner Sprache der Welt, und das trotzdem so wichtig ist. Ich bin froh, dass Hanna mein Geschenk nicht in irgendeine Schublade verbannt hat, und jedes Mal, wenn ich das kleine Fenster ansehe, freue ich mich, auch wenn seine Farben trüb sind, weil Hanna nie das gotische Licht anknipst.

Sie trägt die Fingernägel gleich lang.

Sie müsste dringend neuen Nagellack klauen.

Einmal erleben wir Hannas Regen zusammen, einmal, auf einem unserer Heimwege, klappe ich meinen Schirm wieder zu und höre, wie mir Hanna unter Wasser zuruft: »Bist du wahnsinnig?«

»Nein, wieso? Du?«, frage ich zurück.

Hanna antwortet nicht darauf, und langsam gehen wir durch den strömenden Regen, der keine einzige Lücke zu haben scheint, alles wird schwer an mir, meine Haare, meine Jacke und der zugeklappte Schirm in meiner Hand, ständig muss ich mir das Wasser aus den Augen wischen. Ich halte den Kopf gebeugt, während Hanna ihr Gesicht in den Regen hält wie in einen Mallorca-Sommerhimmel. Der nasse Bürgersteig zittert vor Tropfen, meine Schritte schmatzen und ich fühle mich in diesem Zustand alles andere als sicher.

Es gibt nur eins, das sicher ist.

Dass Hanna die Wahnsinnige von uns beiden ist.

Und jeden Morgen wartet sie an der Grisebach-Ecke, ruft manchmal auf unserem Festnetz an und hört meinem Vater dabei zu, wie er ein Anderer ist. Ein ausgedachter Gesprächsteilnehmer. Oft hört sie auch mir zu, zum Beispiel, wenn ich ihr an der Sternwarte vom uralten Licht erzähle, obwohl ich eigentlich nichts davon verstehe, sie hört mir zu, wenn ich viel oder wenig oder gar nichts sage.

Nur manchmal stellt sich jemand vors Licht, und dann mache ich mir doch wieder Sorgen, dann ist Hanna eine traurige

Geschichte nach einer wahren Begebenheit. Einmal, ein paar Tage nach den Weihnachtsferien, hält mich Frau Mattai auf der Schultreppe an und fragt, ob ich Hanna den Umschlag gegeben habe. »Ja, klar«, sage ich, »noch am selben Tag«, aber Frau Mattai sieht aus, als würde sie mir nicht glauben, auch wenn sie es nicht laut ausspricht.

Dafür schaut sie mich mit leicht zusammengekniffenen Augen an, nicht gerade vorwurfsvoll, aber nachdenklich. Ich stelle mir vor, dass sie Hanna auf den Umschlag angesprochen und dann gemerkt hat, dass die gar nichts davon weiß, und ja, so wird es gewesen sein, so oder vollkommen anders.

Wie immer.

Es ist nicht gerade abwegig, dass Hannas Eltern den Umschlag einfach versteckt und nicht weitergegeben haben, ich sehe es vor mir: Jede ihrer geheimen Handbewegungen kann ich mir ausmalen, jedes Schubladengeräusch, aber warum? Warum verstecken Eltern die Post ihrer Tochter? Weil Hanna nicht auffliegen und deshalb keinen Kontakt haben soll, und sei es zu harmlosen gepolsterten Umschlägen? Weil einfach jeder Kontakt eine Gefahr wäre, egal welcher?

Gar nichts kann ich mir vorstellen.

Ich erinnere mich an den Abend, an dem ich Hanna zurückgebracht habe, zurück zu ihren Eltern, die aber gar nicht wie Eltern aussahen, sondern wie ein doppeltes Häufchen Elend: zweimal Elend, zwei rot gefleckte Gesichter und eine geteilte Stille, die kurz davor war, durch eine Art spontanen Wasserstoffnachweis zerstört zu werden. Doch den habe ich schon nicht mehr mitbekommen, weil ich von Hannas Mutter mit einer eindeutigen Kinnbewegung aus dem traurigen Bild geschickt wurde und es danach gleich bereut habe, Hanna aus dem Apfelschuppen meiner Großmutter befreit zu haben. Auch später erfahre ich nicht, wie der Abend für Hanna weitergegangen ist, wir reden einfach nicht darüber, und nur der Schlüsselanhänger an ihrem Rucksack beweist noch, dass es diesen Tag gegeben hat.

Und mich, offiziell sichtbar.

Bei mir zu Hause ist alles wie gehabt, nur in neuen Varianten. Am Festnetztelefon meldet sich mein Vater mit den Namen ausgedachter Professoren für Wirtschaftsrecht. Er hat sich vorgenommen, jedes Schneeglöckchen dieser Stadt mindestens einmal anzusehen, während sich meine Mutter eine neue internationale Woche vorgenommen hat, ägyptisch, und es diesmal sogar rechtzeitig ankündigt, damit Hanna noch eingeladen werden kann. Sie fragt gar nicht, ob wir das wollen, sie beschließt es einfach.

Der Winter gibt sich langsam geschlagen, die Tage werden länger, die Kohlmeisen gesprächiger, und mein Vater hat damals, kurz vor Weihnachten, kein einziges Mal gefragt, wie meine Geschenkübergabe bei Hanna war, dabei hätte es ihn brennend interessieren müssen. Aber er hat, als ich an jenem Abend nach Hause kam, extra in ein übrig gebliebenes braunes Apfelstück gebissen und sein Gesicht verzogen, und mehr musste er zu der Sache sowieso nicht sagen.

Obwohl ich nicht weiß, ob er recht hatte.

Und wie schnell man seine Sorgen vergessen kann, nur weil sich die Anlässe dafür verstecken, oder weil man nicht richtig hinschaut. Und wie schnell man seine Sorgen vergessen kann, bloß weil einem das Leben einredet, dass längst alles gut geworden ist, dass es nichts mehr zu befürchten gibt und dass das, vor dem man die ganze Zeit Angst gehabt hat, sowieso nur ein großes Versehen war, ein Verfühlen, das reinste Missverständnis.

Für meine Eltern ist Hanna kein Thema mehr. Sondern nur

noch ein Mensch. Für meinen Vater war sie das von Anfang an, ein gern und selten gesehener Gast, und Themen braucht er sowieso nur am Festnetztelefon. Ansonsten reicht es ihm völlig, jemanden einfach nur zu mögen.

Bei meiner Mutter ist das anders. Auch sie interessiert sich nicht mehr für die Zeugenschutzgerüchte, obwohl sie die in meinem Zimmer selbst in Umlauf gebracht hat. Aber das liegt nicht nur daran, dass ihr Hanna am liechtensteinischen Abend so ans Herz gewachsen ist. Nein. Es hat auch damit zu tun, dass meine Mutter längst zwei Gerüchte weiter ist.

Das ist immer so. Jedes Mal hört sie irgendwann auf, sich ihre eigenen Geschichten zu glauben, und ich frage mich, warum sie überhaupt erst damit anfängt. Womöglich geben ihr all die ausgedachten Geschichten ein wenig Halt in dem großen Lebensdurcheinander, das ohnehin keiner versteht, sie selbst zumindest nicht. Wenigstens auf ihre Geschichten kann sie sich eine Zeit lang verlassen.

In diesen Tagen vergesse ich es meistens, Hanna zu beschützen. Das wird mir in den wenigen Momenten klar, in denen ich es doch wieder versuche, so wie an diesem einen nebligen Milchmorgen im Februar, an dem sie mit verweintem Gesicht am Treffpunkt erscheint und auf dem Weg zur Schule still weiterweint und ich noch dichter als sonst an der befahrenen Straße gehe, am äußersten Rand des Bürgersteigs, jederzeit bereit, sie gegen aufdringliche Autofahrer mit Mafia-Berufen zu verteidigen.

Ich glaube nicht, dass sie es gemerkt hat.

Oder dass es nötig war.

Die meiste Zeit weint sie aber nicht, auch wenn es daran liegen kann, dass sie leergeweint oder zu müde für Tränen ist. Und am wenigsten, am allerwenigsten weint sie an dem Abend, als sie uns zum ägyptischen Essen besucht und schon bei ihrer Ankunft so eine Leichtigkeit hat, dass ich denke: Hoffentlich isst sie genug, hoffentlich isst sie all ihre Teller leer und hoffentlich spuckt sie das Essen nicht wieder durch die Gegend, denn bliebe sie so leicht, sie würde irgendwann davonschweben.

20

Als Hanna uns zum ägyptischen Essen besucht, ist der Februar schon fast vorbei. Und auch wenn vieles wie am liechtensteinischen Abend ist, nur eben ägyptischer, fühlt es sich anders an, weniger aufregend, beinahe normal. Es ist, als würde Hanna längst hierher gehören und als wäre sie nur ein paar Jahre aus guten Gründen verschollen gewesen, das kommt in den besten Familien vor.

Dabei ist sie erst zum zweiten Mal bei uns, dabei ist sie schon zum letzten Mal bei uns, und Carlo trägt sein T-Shirt mit den lila gewordenen Kirschflecken und mein Vater seinen zweitbesten Pullunder, nur das Hemd darunter ist nicht mehr ganz neu. Meine Mutter ist die Unerschrockenste von uns und hat sich wieder ein Oberteil mit preisgesenktem Glanzgarn angezogen. Aber sie ist auch im Vorteil, denn sie weiß als Einzige, in welchen Farben sie heute gekocht hat.

Und mit welchen Gewürzen.

Als meine Mutter mit Carlos Hilfe die Teller mit der Vorspeise verteilt, Hummus mit Sesam-Möhrenstreifen, warte ich auf ihren feierlichen Einführungsvortrag, alle hier warten darauf, sogar Hanna scheint noch zu wissen, dass sich das nachfolgende Essen um wenige Minuten verschieben wird, oder um viele Minuten, je nachdem, wie viele Informationen meine Mutter im Internet gefunden hat.

Aber dann tut sie etwas, was sie noch nie getan hat: Sie nimmt das Blatt mit ihrem Vortrag und steht auf, und die meisten am Tisch sind peinlich berührt, ich selbst bin es jedenfalls und würde meine stehende Mutter am liebsten wieder auf ihren Stuhl drücken. Carlo blättert beschämt in seinem *Gotham City*-Comic, den er neben seinen Teller gelegt hat, um zu Hanna und ihren *Gotischen Kirchen* zu passen, und selbst mein entspannter Festnetzvater runzelt leicht die Stirn, hält sich aber schnell eine Hand davor. Nur Hanna sitzt andächtig da, dabei kann sie noch gar nicht wissen, was gleich kommt und wie gut dieses andächtige Dasitzen dazu passen wird.

Meine Mutter steht also an ihrem Platz und beginnt ihre Einführungsrede mit den Worten, dass sie heute keine Einführungsrede halten wird. Carlo nimmt das zum Anlass, den Comic augenblicklich wegzulegen, seine Gabel zu nehmen und im Hummus herumzustochern. Er merkt aber schnell, dass er meine Mutter falsch verstanden hat, denn sie räuspert sich leicht irritiert und sagt dann: »Stattdessen lese ich euch heute einen ägyptischen Segensspruch vor. Ich bin froh, dass ich ihn gefunden habe. Er ist wirklich ein Segen.«

Meine Mutter ist nicht gerade ein Mensch, der sich mit Segnungen auskennt, nur zwei-, dreimal im Jahr singt sie krumm und schief *Viel Glück und viel Segen*, und ich glaube nicht, dass das zählt. Keiner in meiner Familie ist jemals gut im Segnen gewesen, aber jetzt sagt meine Mutter übertrieben laut: »Der Herr segne dich«, und mein Vater, der gerade etwas Tamarindensaft aus der Nachbarstadt getrunken hat, verschluckt sich mal wieder, muss husten und spuckt den roten Saft nur zufällig nicht durch die Gegend.

Aber meine Mutter lässt sich nicht mehr beirren und macht so laut und würdevoll weiter, wie sie angefangen hat, sie ruft: »Er erfülle deine Füße mit Tanz und deine Arme mit Kraft«, und dann spricht sie noch vom Herzen, das der Herr mit Zärtlichkeit, und von Augen, die der Herr mit Lachen füllen soll. Carlo ist jetzt feuerrot im Gesicht, sein Kopf wird vermutlich bald platzen, und überhaupt soll der Herr alles Mögliche erfüllen, Ohren und Nasen und Münder, und zwar mit so vielem, dass sich mein Vater das Lachen verkneifen muss, das kann ich genau sehen.

Meine Mutter liest: »Er schenke dir immer neu die Gnade der Wüste: stilles, frisches Wasser und neue Hoffnung«, dann macht sie mit Kraft und Hoffnung und noch mal mit dem Herrn weiter und sagt abschließend, dass sie die Kichererbsen für den Hummus viel zu kurz eingeweicht hat und die Sesam-Koriander-Mischung etwas zu klumpig geraten ist, und jetzt müssen Carlo und mein Vater endgültig lachen, und auch ich selbst sehe wohl nicht mehr besonders ernst aus, denn der Herr hat unsere Augen mit Lachen erfüllt.

Nur Hanna lacht nicht.

Noch immer sitzt sie andächtig auf ihrem Stuhl und scheint über das, was sie soeben gehört hat, nachzudenken. Kein einziges Mal hat sie sich während des Auftritts meiner Mutter bewegt und keinen Schluck Tamarindensaft getrunken, nichts an ihr ist in Unordnung geraten und muss zurechtgezupft werden, nichts an ihr muss beschützt werden. Sie sieht aus wie eine, die gerade gesegnet wurde.

Dann essen wir die klumpige Sesam-Koriander-Mischung mit den Möhrenstreifen, die sich gut darunter versteckt haben, wir essen den faden Hummus, den meine Mutter vermutlich mit voller Absicht ohne Salz zubereitet hat, obwohl die hellen Flecken aus allen anwesenden Kleidungsstücken mit Sicherheit wieder rausgegangen wären, sogar ohne Gebissreiniger. Wir essen Bulgur mit Lamm und sauren Granatapfelkernen und ich habe keine Ahnung, ob die Kerne auch eingeweicht werden müssten und wie dieses Essen eigentlich schmecken würde, bekämen wir es in Ägypten serviert.

Aber da, zwischen zwei Gabeln Bulgur, fällt mich ein neues

Gefühl an. Da ist ein warmes Verständnis in mir, mit dem ich nicht gerechnet habe, das sich aber nicht schlecht anfühlt. Denn schlagartig, zwischen diesen beiden Gabeln Bulgur, auf einmal kann ich meine Mutter begreifen, zum ersten Mal seit Beginn ihrer Karriere als internationale Teilzeitköchin.

Plötzlich weiß ich, was sie meint.

Was sie mit jedem einzelnen Essen gemeint hat.

Und jemand, der jetzt durch unser Fenster sehen würde, der würde sicherlich denken, dass wir eine normale Familie sind, die gerade friedlich zusammensitzt und Ägyptisch isst, eine ganz normale Familie: zwei Erwachsene, drei Kinder, fünf Lammstücke. Er würde es sogar dann noch denken, wenn er später meinen Vater hören würde, wie er genüsslich »Zum Teufel mit meinen freiliegenden Zahnhälsen!« ruft und sich große Stücke vom fertig gekauften Baklava-Nachtisch in den Mund stopft, wir sind eine ganz normale Familie, die Ägyptisch isst, und der Abend ist nur ein Abend, das Essen ist nur ein Essen, nichts ist dramatisch, nichts versalzen und es gibt auch nichts, das explodiert, noch nicht mal Hannas Mutter, die ihrer Tochter in unserem Flur erklärt, was verdammt noch mal die Abmachung war.

Dieser Abend.

Er ist einer, der nicht verschnörkelt ist und nicht wehtut, der gut als Erinnerung taugt. Und er endet so harmlos, wie er verlaufen ist, abgesehen von dem langen ägyptischen Segensspruch natürlich, der ihn kurz aus dem Gleichgewicht gebracht hat.

Später bietet meine Mutter Hanna an, sie nach Hause zu fahren, und Carlo besteht darauf, mitzukommen, keine Ahnung, was er sich erhofft. Die beiden sitzen schon im Auto, als sich Hanna von meinem Vater und mir verabschiedet, es ist ein Abschied unter vielen, keiner, für den man sich noch mal umdrehen müsste, es kommt ja bald wieder ein neuer.

Hanna hat genügend gegessen, das weiß ich, das habe ich

gesehen. Und obwohl sie immer noch voll von dieser guten, entschiedenen Leichtigkeit ist, habe ich keine Angst mehr davor, dass sie jeden Augenblick davonschwebt.

Ich kann es einfach nicht sehen.

21

Es ist Hanna, die ein paar Tage nach dem ägyptischen Abend vorschlägt, dass wir nach der Schule im Supermarkt Süßigkeiten kaufen und dann zur Sternwarte gehen. Ich frage sie, ob ihr Marktleiter Pollmann damals nicht verraten hat, dass sie ab sofort Hausverbot hat, und zwar nicht nur in der Nähe des Nagellackregals, sondern im ganzen Gebäude und außerdem auf Lebenszeit. Aber Hanna, die normalerweise so vorsichtig ist, winkt ab und meint: »Er muss mich ja nicht sehen. Der kann doch nicht den ganzen Tag durch den Supermarkt schleichen, der muss doch irgendwann auch mal arbeiten.«

Ich verschweige Hanna mit aller Kraft, dass die gewissenhafte Überwachung aller jemals erteilten Hausverbote zu den wichtigen Bereichen von Herrn Pollmanns Arbeit gehört. Dafür ist er bekannt. Denn auch wenn er nie jemanden bei der Polizei anzeigt, erinnert er sich an jedes einzelne Hausverbot und den Grund dafür, an jeden Wert der Diebesbeute, und zwar bis an sein Lebensende.

Wenn man im Supermarkt auch nur ein einziges Mal vergessen hat zu bezahlen, hat man keine Chance mehr bei Herrn Pollmann. Man kriegt auch keine mehr, höchstens nach einer aufwendigen Gesichtsoperation. Und das ist auch der Grund, warum man jeden Tag mindestens vier oder fünf Jugendliche vor dem Supermarkt sieht, die fein säuberlich aufgefädelt darauf warten, dass ihnen mindestens vier oder fünf andere Jugendliche drinnen Cola und Chips kaufen.

»Na gut«, sage ich zu Hanna. »Lass es uns versuchen. Du hast recht, der Pollmann muss ja auch mal arbeiten. Und falls er doch im Supermarkt spazieren geht, machst du dich aus dem Staub. Draußen ist viel Platz zum Warten.« Beinahe hätte ich hinzugefügt: *bei all den Anderen,* aber ich lasse es, und Hanna nickt und weiß von nichts.

Sie weiß so vieles nicht über Marktleiter Pollmann, zum Beispiel, dass er tatsächlich im Supermarkt spazieren geht und dass das ein anderer wichtiger Bereich seiner Arbeit ist, vermutlich der wichtigste. Es sieht dann tatsächlich so aus, als würde er durch einen Park schlendern und sich erholen. Er riecht an einer Blume, einer Orange, einer Knolle Sellerie, lehnt sich entspannt ans Klopapierregal und grüßt ab und zu andere Spaziergänger, die dann aber doch nur seine Kunden sind. Hin und wieder schließt er sogar die Augen und atmet die gesunde Supermarktluft ein. Eins steht aber fest: Seine Hausverbotskandidaten würde er sogar mit geschlossenen Augen erkennen.

Als wir am Nachmittag über den Parkplatz des Supermarktes in Richtung Eingang gehen, müssten wir eigentlich gleich wieder umkehren. Denn wir sehen Marktleiter Pollmann schon von Weitem, und hören können wir ihn auch. Er steht vor dem Einkaufswagen-Unterstand und kämpft mit Ganzkörpereinsatz und kleinen Wutanfällen gegen eine lange Einkaufswagenschlange, die ihm anscheinend nicht gerade genug vorkommt.

Wir versuchen, hinter seinem Rücken in den Supermarkt zu schleichen, und es gelingt uns auch fast, aber da dreht sich Herr Pollmann mit einem eleganten Schwung um und klopft sich die Hände ab, auch wenn die gar nicht schmutzig geworden sein können. Auf jeden Fall nicht im Unterstand.

Der Marktleiter entdeckt uns sofort, und seltsamerweise lächelt er. Er will etwas rufen und bringt schon seinen Mund in die richtige Position, aber in diesem Moment hören wir den Klingelton seines Handys und die Schlagersängerin fängt aus voller Brust zu singen an, nämlich aus der vollen Brusttasche seines Kittels, sie singt: *Du hast mich tausendmal belogen / du hast mich tausendmal verletzt / ich bin mit dir so hoch geflogen / doch der Himmel war besetzt,* und noch nie, das schwöre ich, noch nie habe ich so viele Zeilen von dem Lied gehört, weil Marktleiter Pollmann normalerweise sofort an sein Handy geht.

Aber irgendwie scheinen wir ihm diesmal wichtiger zu sein. Er steht nur da und schaut uns freundlich an, uns beide, sogar Hanna, während es aus seiner musikalischen Brusttasche fröhlich und vorwurfsvoll weitersingt und ich inständig hoffe, dass ich diese Strophe nicht als Ohrwurm mit ins Grab nehmen muss.

Wer auch immer der Anrufer ist, der Herrn Pollmann gerade zum tausendundersten Mal belügen will, er wird irgendwann unhöflich weggedrückt. Der Marktleiterhimmel ist besetzt. Dann guckt uns Herr Pollmann nicht mehr freundlich, sondern nur noch erstaunt an, so als hätte er den Text der Schlagersängerin erst jetzt richtig verstanden.

»Josefin!«, ruft er, und dann: »Hanna, richtig?«, und ich denke, dass das niemand wissen kann, oder nur eine sehr kleine Gruppe von Menschen, aber sogar Hanna zuckt mit den Schultern. Ihr ist nicht wohl bei der Sache, ich kann sehen, wie sie ihre Fingernägel versteckt. Mir ist schleierhaft, wie Marktleiter Pollmann Hanna so schnell verzeihen konnte, und ich überlege, ob das seine neueste Masche ist: die gnädige Rückführung von Leuten mit Hausverbot in die Gesellschaft. Also in seinen Supermarkt.

Ich kann ja nicht ahnen, dass es noch schlimmer kommt.

Das Schlimmere beginnt, als er »Folgendes« sagt, und sicherlich geht das auch nicht anders, nachdem man einmal *Folgendes* gesagt hat, das Schlimmere kommt dann automatisch. Und manchmal riecht es nach Herrn Pollmanns Marktleiterbüro. Er sagt also: »Folgendes. Als Marktmanager frage ich mich natürlich, ob ich euch mit ein paar knapp abgelaufenen Süßigkeiten erfreuen könnte. Kommt doch mal mit in meine heiligen Hallen. Bitte sehr, alle mir nach! Ich verspreche euch, ihr werdet nicht enttäuscht sein.«

Hanna sieht aus, als würden sie ein paar knapp abgelaufene Süßigkeiten nicht erfreuen, sondern in eine mittlere Krise stürzen, und auch mich verwirrt die Aussicht auf Herrn Pollmanns heilige Hallen. Auf dem Weg dorthin, der uns seinen leichten, federnden Gang auch mal von hinten sehen lässt und der uns an all den hoffnungslosen Hausverbotsfällen vorbeiführt, denke ich: Da stimmt was nicht, da stimmt was nicht, und auch als wir im Büro sitzen und uns Marktleiter Pollmann kurz alleine lässt, um die versprochenen Süßigkeiten zu holen, habe ich meine Meinung nicht geändert.

Hanna auch nicht.

Nervös sitzt sie da, wackelt mit den Beinen und blättert hastig in einer Broschüre, aber ohne richtig hinzusehen. Dann gibt sie sie an mich weiter und sagt: »Hier, könnte interessant sein.« Ich habe mich noch nie um diese kleinen Supermarktheftchen gekümmert, die Herr Pollmann extra drucken lässt, aber Hanna hat recht, schon der Titel ist interessant, *Ägyptische Rezepte*, und auch der Inhalt: Hummus mit Sesam-Möhren, Bulgur mit Lamm und Granatapfelkernen, Baklava, die Rezepte sind interessant, jedes mit Zutaten aus Marktleiter Pollmanns Supermarkt, und am interessantesten ist der ägyptische Segensspruch auf der Rückseite, *er gebe uns allen immer neu die Kraft, der Hoffnung ein Gesicht zu geben,* es ist ein Segen aus dem Supermarkt, ich wäre nie darauf gekommen.

Und als ich denke, dass meine Mutter also nur den Tamarindensaft und das fertige Baklava in der Nachbarstadt besorgt und den Segensspruch extra abgetippt hat, damit er segensreicher aussieht und nicht nach Supermarkt, da kommt Herr Pollmann mit einem Karton voller Süßigkeiten zurück und stellt ihn auf einem Tisch ab. Ich sehe seinen perfekt geknöpften Marktleiterkittel, sehe, dass jeder Knopf an der richtigen Stelle sitzt, und da wird mir klar, was mich die ganze Zeit an seiner Freundlichkeit beunruhigt hat. Zum ersten Mal kommt mir in den Sinn, dass mein Vater Hanna verraten haben könnte, nicht mit Absicht, aber trotzdem.

Und dass Herr Pollmann Hanna längst weiterverraten hat.

Auf dem Weg zur Sternwarte reden wir nicht viel. Hanna kommt mir bedrückt vor, vielleicht befürchtet sie etwas Ähnliches wie ich. Schon von Weitem können wir sehen und hören, dass der Hügel heute nicht so menschenleer wie sonst ist, nicht so still. Er lebt. Ein paar Kinder rennen lauthals zwischen den Häusern hin und her, jagen sich mit Stöcken, schreien sich irgendwas zu. Hanna bleibt kurz stehen, schaut ihnen hinterher, scheint dann aber zu beschließen, dass sie vor den Kindern keine Angst hat, und setzt sich wieder in Bewegung.

Von Weitem sieht die mintgrüne Kuppel des Astrografengebäudes wie ein großer Schutzhelm aus, dabei gibt es unter der Kuppel nichts mehr zu schützen, alle Geräte sind längst entfernt worden, zumindest behauptet man das.

Aber als wir angekommen sind und uns auf die kleine Treppe setzen, fühle ich mich trotzdem wohler. Wir breiten die Süßigkeiten zwischen uns aus, zwei Tüten Gummibärchen, vier Erdnussriegel, eine Tüte Schokolinsen, Lakritzbonbons, und Hanna legt noch die *Gotischen Kirchen bei Lichte besehen* dazu. Aber keiner rührt irgendwas an.

Alles bleibt liegen.

Es könnte die beste Zeit zum Reden sein, endlich, wir könnten unsere Sorgen vergleichen und dann merken, dass sie einander ähneln. Aber wir reden nicht darüber, natürlich nicht.

Ich weiß nichts über Hanna.

Was ich weiß, ist nur, dass dieser Tag seit der Begegnung mit Marktleiter Pollmann falsch geknöpft ist und dass wir ihn, um noch irgendwas zu retten, wieder vollständig aufknöpfen müssten, aber wer macht sich schon die Mühe, wer bringt hier noch irgendwas in Ordnung.

Hanna schnappt sich jetzt doch eine Tüte Gummibärchen, steht von ihrem Buch auf und steuert langsam auf die Kinder zu, die drüben am Heizungshaus mit Stöcken miteinander fechten. Ich kann hören, wie sie mit ihnen redet, offenbar will sie ihnen die Gummibärchen schenken. Doch die Kinder lassen ihre Stöcke fallen und rennen verstört davon, als wäre ihnen nicht Hanna, sondern der Leibhaftige erschienen.

Hanna sieht nicht weniger entsetzt aus.

Auch ihr scheint dieser Leibhaftige begegnet zu sein.

Ich habe ihn nicht kommen sehen.

Sie starrt auf den Boden, als sie zu mir zurücktrottet, nach vorn gebeugt wie ein Mensch, der durch den Regen geht. Wie jeder andere Mensch außer Hanna, der durch den Regen geht. Sie ist viel mehr als nur entsetzt. Sie ist traurig.

Als sie sich wieder hingesetzt hat, fängt sie an, die Gummibärchentüte zu überprüfen, und erschrickt nach ein paar Sekunden so geräuschvoll, dass ich mit ihr mit erschrecke, sie schreit: »Oktober!«, und ich frage mich, ob das eine moderne Art ist, um Hilfe zu rufen, eine Möglichkeit, die mir irgendwie entgangen ist.

»Oktober?«

Hanna antwortet nicht, sondern überprüft die anderen Süßigkeiten und wird mit jedem Stück, jeder Tüte leiser, schreit

»August!«, sagt »September«, flüstert »Juli« und lässt dann ihren Kopf ohne Monatsnamen auf ihre Knie fallen. Der grüne Astrografenschutzhelm hilft ihr nicht mehr, keinem hilft er. Als sie sich wieder aufrichtet, stöhnt sie: »Der hat uns verarscht. Die Sachen sind überhaupt nicht abgelaufen, im Gegenteil, die halten sich noch ewig.«

Jeder andere, der Hanna zugehört hätte, wäre verwundert, weil ihre Worte überhaupt keinen Sinn ergeben. Denn was gibt es bitte schön Besseres, als mit ladenfrischen Süßigkeiten beschenkt zu werden, die sich noch lange halten? Marktleiter Pollmann hat seinen halben Bestand ins Büro geschleppt und ziemlich enttäuscht ausgesehen, als wir nur wenige Teile ausgesucht und uns dann gleich verabschiedet haben. Enttäuscht und fast beschämt.

Aber vielleicht verstehe ich Hanna besser, als ihr lieb ist, besser sogar, als mir selber lieb ist, und ich versuche sie zu beruhigen und sage: »Wetten, dass alles harmlos ist? Sind doch nur Süßigkeiten. Der Pollmann wollte uns einfach nur eine Freude machen. Das passt zu ihm.«

Hanna hält sich die Hände vors Gesicht. »Aber wieso *mir*? Wieso denn ausgerechnet mir?«

Ich verrate ihr nicht, dass ich mich das auch schon die ganze Zeit frage, und sage: »Ich glaube, tief im Innern ist er ein netter Mensch. Ein paar Schichten unter seinem Kittel. Man kommt nur nicht gleich drauf.«

Schnell schaue ich mich um und hoffe, dass mich keiner außer Hanna gehört hat, sogar vor den Bäumen ist mir das, was ich gesagt habe, ein bisschen peinlich. Und überhaupt vor der ganzen Sternwarte. Es gibt Sätze, die sollte man nicht laut aussprechen. Und es gibt Marktleiter, die sollte man nicht laut loben. Dabei habe ich die Wahrheit gesagt, ich kann mir vorstellen, dass Herr Pollmann wirklich Mitleid mit Hanna hat und seine kleine Freundlichkeit und die unbeholfene Lüge eigentlich etwas Gutes wären.

In einem normalen Leben.

Hanna lässt die Hände lange vor ihrem Gesicht, sie sind wie ein Ersatzgesicht mit senkrechten Falten, je einen Fingerbreit voneinander entfernt. Sie trägt jetzt ein zweites Gesicht aus Händen, mit dem sich das Leben wohl momentan besser aushalten lässt, und sagt leise: »Josef, komm. Versprich es mir bitte.«

Ich habe keine Ahnung, wovon sie redet, und antworte: »Klar, kein Problem, ich versprechs.«

»Schwör es.«

»Klar, meinetwegen. Also gut, na dann. Ich schwöre, dass ich es verspreche.«

Und während ich angestrengt überlege, was genau ich unbesehen und mündlich unterschrieben habe und welches Kleingedruckte mir mit Absicht nicht gezeigt wurde, sagt Hanna: »Versprich mir, dass ich in jeder internationalen Woche einmal kommen darf. Einmal reicht mir. Bitte, Josef. Versprich mir, dass du es nicht vergisst.«

»Also ehrlich mal. Selbst wenn ich es vergessen sollte, weil ich grad den Kopf so voll habe, glaubst du im Ernst, meine Eltern würden jemals im Leben vergessen, dich einzuladen? Glaubst du, mein Vater könnte das jemals wieder vergessen? Eher würde er sein Telefon aus dem Fenster schmeißen, das kann ich dir sagen. Oder freiwillig Obst essen. Also keine Sorge. Aus dieser Nummer kommst du nie wieder raus.«

Hanna schluchzt. Sie nimmt die Hände vom Gesicht und erst jetzt merke ich, dass ihr die Tränen über die Wangen laufen. Sie zieht ihren Rucksack zu sich heran und hält den gotischen Schlüsselanhänger fest, umklammert ihn erst mit einer Hand, dann mit beiden Händen, und ich weiß nicht, ob sie sich von ihm trösten lässt oder ob sie ihn vor der Sternwartenwelt verstecken will, aber eines ist klar: dass eigentlich ich diejenige sein müsste, die Hanna tröstet.

Aber ich tröste sie nicht.

Ich rede nur.

Ich rede, weil ich nicht weiß, was ich sonst tun könnte, ich versuche ihre Tränen trockenzureden und erzähle ihr von den vielen Ländern, über die meine Mutter noch nicht gekocht hat. Ich sage ihr, dass vermutlich noch die halbe Welt darauf wartet, zusammen mit Hanna in den internationalen Wochen vorzukommen, und ich verrate ihr, dass ich mich ernsthaft frage, ob es die Bewohner dieser Länder meiner Mutter übel nehmen würden, dass sie jedes Mal ganz knapp am Land vorbeikocht oder manchmal ganze Regionen versalzt oder verpfeffert, ich rede und rede und höre gar nicht mehr auf zu reden.

Doch es ist alles umsonst, es bringt nichts, das wird mir langsam klar. Denn noch nie haben Worte gegen Tränen geholfen, so einfach ist das, Worte sind nicht saugfähig genug, und selbst wenn, dann hätte man dieses eine Wort, das helfen würde, nie zufällig in der Hosentasche.

Jetzt spricht auch Hanna, immer noch unter Tränen, und es sieht aus, als würde sie vor Rührung über die Kochkünste meiner Mutter weinen, aber sie sagt nur: »Ja.« Schon wieder weiß ich nicht, welchem Abschnitt meines langen Vortrages sie ihre Zustimmung gibt oder ob sie sogar mit all meinen Punkten einverstanden ist, und wenn ich ehrlich sein soll, weiß ich schon gar nicht mehr, was für Punkte das eigentlich waren, aber *ja* ist auf jeden Fall ein ziemlich guter Anfang.

Nach ihrem Wort macht Hanna eine kleine Pause, so eine Silbe kann ja auch anstrengend sein. Als sie sich erholt hat, führt sie meinen Vortrag fort und sagt: »Und meistens ist es so, dass man nichts über diese Länder weiß, überhaupt nichts, und dass man nach dem Essen irgendwie immer noch nichts über diese Länder weiß, und trotzdem ist das ein Riesenunterschied: Man weiß nichts, aber wenigstens war man kurz dabei. Also ich würde das wirklich vermissen. Das Essen würde mir fehlen, deine Familie würde mir fehlen, du.«

Hanna bricht ab, wischt sich die Tränen und die Sonnenflecken aus dem Gesicht, und das alte, unsichtbare Licht weit über uns kümmert sich nicht darum und geistert gleichgültig durchs Universum, das Astrografengebäude schweigt betreten und ein feiner Wind weht durch die Sternwarte, nichts und niemand kann Hanna helfen und ich weiß, dass, wenn *ich* die Weinende von uns beiden gewesen wäre, ein einziges, ein winziges, ein besonders saugfähiges Wörtchen meine Tränen in Sekundenschnelle getrocknet hätte.

Du.

22

Wie hell es draußen geworden ist, wie blau und lauwarm es seit Tagen ist, wie nah uns der Frühling gekommen ist. Man kann sehen, wie erleichtert alle sind, die Bäume und die Leute und die Hunde und sogar die protzigen Schilder von *Future Technology Inc.*, die im Sonnenlicht leuchten, als wären sie sonst wer.

Nur Hanna leuchtet nicht.

Und sie sieht es nicht.

Es ist wieder wie am Anfang, bloß ohne Regen. Hanna ist die Fremde geworden, die sie schon vor einem halben Jahr war. Aber weil es die zweite Runde ist, tut es mehr weh als damals im Herbst, sie ist jetzt anders fremd, auf eine vertraute Weise. Ihren Kopf legt sie jetzt wieder häufiger ab, meistens auf ihrem Buch, manchmal aber auch direkt auf dem Tisch, gleich neben den *Gotischen Kirchen*. Sie wird wieder zum Stein und kann deshalb auch keine Steine mehr bestimmen, keine getrockneten Bibergehirne, nichts.

Sie ist selbst der Stein, den sie auf dem Herzen hat.

Ihre Fingernägel trägt Hanna neuerdings wieder unterschiedlich lang, ich habe nie verstanden, was das soll. Nachmittags will sie nicht mehr zur Sternwarte, oder egal wohin. Sie will überhaupt nichts mehr, jedenfalls nichts, das mit mir zu tun hat. Und nur wer uns morgens und nachmittags auf unseren Schulwegen sieht, der könnte denken, dass alles so wie früher ist und dass Hanna höchstens mal mit dem falschen Fuß aufgestanden ist oder eine schlechte Note bekommen hat und nur deshalb so finster guckt.

Da ist nicht mehr viel Licht in ihr.

Und es kommt der Tag, an dem die ganze Klasse merkt, *wie wenig* Licht da noch ist. Das, was geschieht, geschieht an einem sonnigen Donnerstag im Englischunterricht, was genau genommen ein Glück ist, weil Frau Mattai gleich zur Stelle ist, und genau genommen ein Unglück, weil es eben einfach nur ein Unglück ist.

Nur das.

Meine Klasse ist unruhig, seit heute früh schon, und es fühlt sich an wie die Unruhe vor dem Sturm. Keiner scheint zu wissen, was los ist. Auch ich selbst fühle ein unangenehmes Flirren in mir, ohne den Grund dafür zu kennen. Wenn es im Klassenzimmer Seevögel gäbe, würden die jetzt laut kreischend und kreuz und quer durcheinanderfliegen, und Frau Mattai würde wild mit ihnen mitfliegen, denn auch sie ist durch das raunende Durcheinander nervös geworden, das kann sie nur schwer verbergen.

Ich habe etwas für Hanna dabei, das ich ihr schon auf dem Weg zur Schule zustecken wollte, nebenbei und mit Blick nach vorn, damit es nicht so groß aussieht. Nicht *zu* groß. Aber es hat sich nicht ergeben, und überhaupt könnte man so auch diese Tage beschreiben. Sie sind eine Zeit, in der sich nichts ergibt. Nur Hanna ergibt sich, zwar mit hängenden Schultern statt mit erhobenen Händen und eher uninteressiert, aber man kann es trotzdem deutlich sehen.

Sie scheint aufgegeben zu haben.

Bloß: was?

Das, was ich für Hanna mitgebracht habe, ist kein Geschenk, kein gotisches Fenster, keine Kirschschokolade, es ist nichts als ein harmloses Stück Papier, unscheinbar, weiß. Vor Kurzem hätte sie sich bestimmt darüber gefreut, vor ein paar Tagen noch. Aber jetzt weiß ich nicht mehr, ob so was überhaupt noch in ihrem Zuständigkeitsbereich liegt.

Freude.

Vielleicht werde ich ihr das Papier nachher heimlich in ihre *Gotischen Kirchen* legen, und dort kann sie es finden oder nicht, kann sie es herausziehen oder nicht, kann sie es zerreißen oder einfach im Buch lassen oder zusammenfalten und unter ein wackelndes Tischbein klemmen. Unter ein Sofa, einen alten, klapprigen Stuhl. Oder nicht. Sie kann alles Mögliche damit veranstalten und ich werde nichts daran ändern, an gar nichts werde ich irgendwas ändern, egal, wie sehr ich mir das wünschen würde.

Der Polizist kommt ins Klassenzimmer, als Frau Mattai gerade dabei ist, fast akzentfrei *compound sentences* zu sagen. Er klopft nicht, sondern drückt einfach die Klinke runter und platzt in unseren ohnehin schon unruhigen Englischunterricht. In voller Montur steht er da und schaut uns fragend an, dunkelblau und weiß und oben mit Schirmmütze.

Er trägt eine Krawatte, aber keine Waffe, zumindest kann ich auf die Schnelle keine entdecken. Überhaupt sieht er nicht weiter gefährlich aus, und ich glaube sogar, ich habe ihn schon ein paar Mal in der Stadt gesehen, die so klein ist, dass man sich sogar die Gesichter von Polizisten merken kann.

Hanna.

Hanna!

Sie ist außer sich.

Ich merke es als Erstes, denn noch bevor sie ihren Schrei ausstößt, brüllt ihr Körper, fährt eine große, zuckende Angst in ihn hinein. Seit die Stunde angefangen hat, ist Hanna abwesend gewesen, den Kopf auf dem Tisch, die Gedanken tief vergraben. Und auch als die Tür aufging, hat sie diesen abgelegten Kopf anfangs nur halbherzig, kurz danach aber mit ganzem Herzen und mit ganzer Kraft gehoben, nein, es ist keine Angst mehr, es ist das blanke Entsetzen. Der Polizist, der offensichtlich etwas sagen will, hat keine Chance. Denn Hanna stößt einen unerträglichen Schrei aus, gegen den ihr Knallgasprobenschrei aus Herrn Wittstocks Chemieunterricht ein sanftes Flüstern war, und anschließend wimmert sie immer wieder: »Meine Eltern! Meine Eltern!«

Sie kann sich nicht mehr beruhigen.

Frau Mattai entscheidet sich innerhalb weniger Sekunden für ein mittelschweres Verbrechen, nämlich für *Widerstand gegen die Staatsgewalt,* und schiebt den Polizisten energisch aus dem Klassenzimmer, während sie laut und streng zu ihm sagt: »Berufsberatung ist in der 10b, Sie haben sich in der Tür geirrt, Ihr Vortrag ist nebenan.«

Und weil die Stunde sowieso fast vorbei ist und gleich die große Pause anfängt, schickt sie auch die Schüler nach draußen, obwohl ich glaube, dass das nicht erlaubt ist. Nur zu mir sagt sie: »Josefin, du bleibst bitte«, dann wartet sie geduldig, bis die Klassengeräusche weniger werden, die Stimmen und die Schritte und das Erschrecken der Schüler, das man regelrecht spüren konnte und das wie ein starker Geruch im Zimmer bleibt.

Als alle weg sind, nimmt sich Frau Mattai einen Stuhl und setzt sich mit an unseren Tisch. Zuerst versucht sie es auf die jugendlich lockere Art und sagt zu Hanna: »Glaub mir, ich finde es auch beunruhigend, wenn ein Polizist keinen Orientierungssinn hat. Wo kämen wir denn bitte hin, wenn alle Verbrechen eine Tür weiter geschehen würden.«

Aber Hanna lacht nicht, Hanna beruhigt sich nicht, im Gegenteil: Ihr Gesicht ist milchweiß, sie zittert, sie schwitzt, verdreht die Augen und bekommt keine Luft mehr, versucht zu atmen, schafft es nicht. Frau Mattai nimmt ihre Hände und hält sie fest, als Hanna sie wegziehen will, »deinen Eltern geht es gut«, flüstert sie und schaut Hanna dabei mütterlich an, gar nicht wie Erdkunde und Englisch. »Deinen Eltern ist nichts passiert«, sagt sie, sagt es einmal und dann immer wieder und lässt in keiner Sekunde Hannas Hände los, wer weiß, wie oft sie diesen einen Satz wiederholt, aber es kommt mir ewig vor, und mittlerweile müsste es auch der Letzte begriffen haben.

Deinen Eltern ist nichts passiert.

Auch wenn wir nur zu dritt sind.

Ganz langsam spricht Frau Mattai, in einem gleichbleibenden, einschläfernden Rhythmus, sodass ich meine Mühe habe, wach zu bleiben, und irgendwann spricht sie nicht mehr, sondern atmet nur noch, aber nichts an ihrer Langsamkeit ändert sich, sie atmet und atmet, als wäre das eine Übersetzung ihres Satzes ins Sprachlose, Stille, Luftige, atmet durch die Nase ein und ein paar Sekunden später durch den Mund wieder aus, ungeheuer bedächtig und konzentriert.

Und da, endlich, atmet Hanna mit ihr mit, langsam, tief, aber es dauert noch ein paar Minuten, bis sie ruhiger wird und nicht mehr so sehr schwitzt. »Komm zurück zu uns«, sagt Frau Mattai und »In den Bauch atmen, tief in den Bauch atmen, dann gehts dir gleich besser«, und ich nehme mir in diesem Moment vor, von nun an jeden einzelnen von Frau Mattais Steinen zu bestimmen und jeden *compound sentence* richtig zu bilden. Wenn es sein muss, auch bis ans Ende meines Lebens.

Hanna ist zurück.

Sie besteht jetzt nur noch aus Stille und dem ruhigen Meereswellentakt ihres Atems, ihr Gesicht ist blass geblieben. Frau Mattai lässt ihre Hände los, doch sie bleibt weiter bei uns sitzen und schaut Hanna aufmunternd an. Ich kann aber genau sehen, dass sie nur so tut und eigentlich noch ziemlich besorgt ist. Und nach einem unergründlichen Anfall von Mut hole ich das Blatt Papier aus meinem Rucksack, das nicht mehr ganz glatt ist und schon ein paar kleine Flecken hat, und sage zu Hanna: »Hier. Also das ist von meiner Familie. Und von mir. Die Schrift ist von Carlo, bestimmt kannst du die gar nicht lesen, würde mich nicht wundern. Ich kann dir aber helfen. Na ja. Das ist, also, das ist für dich.«

Hanna sieht mich fragend an, ihre Augen sind jetzt klein und erschöpft. Dann nimmt sie mir das Papier aus der Hand und streicht es glatt, *Einladung zum kolumbianischen Abend,* liest sie laut, *mit Überraschungsgast, Vorspeise: Patacones mit Guacamole.* Ich unterbreche sie und sage: »Das sind frittierte Kochbananen mit, äh, Guacamole.« Frau Mattai gibt einen kleinen begeisterten Laut von sich und Hanna macht weiter im Menü, *Cazuela de Mariscos,* dann schaut sie mich an und wartet auf meinen Einsatz, »Fischeintopf«, sage ich, »der kommt ursprünglich aus Spanien und dürfte diesmal die Gefahrenquelle Nummer eins sein.«

Jetzt muss Hanna doch lachen. Sie macht nur ein hauchdünnes Geräusch, aber ich kann es hören. Und nachdem sie auch noch den Nachtisch vorgelesen hat, einen kolumbianischen Cheesecake namens *Julian Cardona,* erkläre ich ihr: »Es gibt einen weiblichen Überraschungsgast. Weißt du ja, steht ja in der Einladung. Und keine Sorge, sie ist harmlos, und du kennst sie auch schon. Mama streitet sich gerade mit ihr, weil sie unbedingt ihren Elsässer Apfelkuchen mitbringen will. Stell dir vor, zum kolumbianischen Abend!«

Frau Mattai drückt jetzt auch meine Hände, nur kurz. Dann stützt sie sich wie meine Mutter auf ihnen ab, steht auf, geht langsam zum Lehrertisch und knickt einmal leicht mit den Beinen ein. Und als sie vorn in ihrer Tasche wühlt und ich noch den vertrauten Schmerz in meinen Händen spüre, klammert sich Hanna neben mir so sehr an ihre *Gotischen Kirchen,* dass sie sich gefährlich biegen, und sagt mit dem Gesichtsausdruck einer unerschrockenen Polarforscherin: »Du kannst deinen Eltern sagen, ich komme trotzdem.«

23

Aber Hanna kommt nicht. Sie taucht einfach nicht auf. Und wir sitzen schon seit einer halben Stunde am Tisch und warten, als mein Vater unter dem Namen Professor Schmielowski einen Festnetzanruf entgegennimmt und mir kurz darauf das Telefon bringt. Ich weiß sofort, dass jetzt nichts Gutes kommen kann, das erkenne ich schon am Gesicht meines Vaters, das deutlich nach Finanzamt Innenstadt und nach Obstteller aussieht. Außerdem hält er das Telefon achtlos in nur einer Hand, auch das spricht nicht gerade für ein entspanntes Gespräch, das mich erwartet.

Er sieht enttäuscht aus.

Ich gehe mit dem Telefon und mit schweren Schritten raus in den Flur, und als ich mit noch schwereren Schritten wieder ins Wohnzimmer komme, frage ich in die Runde: »Hat eigentlich jemand mitgekriegt, dass es draußen regnet? Es war doch so trocken die letzte Zeit.«

Alle drehen sich zur Terrassentür und müssen sich konzentrieren, um im Dunkeln ein paar Tropfen zu erkennen, etwas Wasser, das die Scheibe herunterläuft. Aber das Fensterglas wird nicht nass, weil es überdacht ist. Und während sie mit dem Wetterumschwung beschäftigt sind, erstaunte Kommentare abgeben und sich für die gebeutelte Welt der Pflanzen freuen, sage ich: »Ach ja, und übrigens, wir können jetzt mit dem Essen anfangen, Hanna kommt nicht. Fragt mich nicht wieso, das habe ich auch schon versucht. Sie zu fragen, meine ich. Aber da hat sie lieber aufgelegt.«

Ich kann sehen, wie enttäuscht mein Bruder ist, aber ich

bin selbst zu fassungslos, um Mitleid mit ihm zu haben. Meine Großmutter nimmt ihre blaue Brille ab und klopft mit dem Bügel so nervös auf den Tisch, dass mein Vater sie leise anknurrt, was er sonst nie macht. Meine Mutter ist die Erste am Tisch, die wieder reden kann, auch wenn sie vom Thema ablenkt und von Avocados redet, entsetzt ruft sie: »Himmel! Die Guacamole ist ja ganz grau geworden. Und die Kochbananen sehen auch nicht viel besser aus. Ich schlage vor, wir fangen jetzt mit dem Essen an. Guten Appetit.«

Es stimmt, was meine Mutter gesagt hat. Die Vorspeise sieht aus, als wäre sie über Nacht ergraut, über Nacht oder in den letzten fünf Minuten, aus Enttäuschung zum Beispiel, so was soll ja vorkommen. Und ich kann sie verstehen, ich glaube, jeder am Tisch kann das. In den letzten Tagen habe ich viel über Hannas Angst nachgedacht, über ihre verzweifelte Sorge, dass ihren Eltern etwas passieren könnte, während sie in der Schule ist. Ich frage mich, ob sie längst aufgespürt wurden von den Leuten, vor denen sie sich in ihren falschen Namen verstecken, falls es, tja, falls es die falschen Namen überhaupt gibt und falls an Hanna und ihrer Familie überhaupt *irgendwas* falsch ist, gar nichts sollte ich mich noch fragen.

Ich habe meinen Eltern nichts von Hannas Unruhe erzählt oder davon, wie panisch sie war, als der Polizist ins falsche Klassenzimmer gestolpert ist. Das Einzige, was sie wissen, ist, dass Hanna ein internationaler Abend im Moment besonders guttun würde, nur deshalb hat meine Mutter ja so schnell das kolumbianische Essen geplant, so kurz nach dem ägyptischen Abend. Trotzdem sind alle bedrückt, sogar meine Großmutter, die eigentlich gar keine Lust hatte zu kommen, weshalb sie vorher auch noch nie bei so einem Abend dabei war, und die sich nur wegen Hanna anders entschieden hat. Wie gut die Guacamole und die frittierten Bananen eigentlich schmecken müssten, können wir nur ahnen. Und das liegt diesmal nicht an den Kochkünsten meiner Mutter und auch nicht an der Mausfarbe der Vorspeise, die den Geschmack kaum verändert haben dürfte. Wir können nur ahnen, wie dieser Abend mit Hanna verlaufen würde.

Der Regen ist jetzt nicht mehr zu überhören, auch ohne Tropfen auf der Scheibe. Es klingt nach Unwetter. Innerhalb kürzester Zeit ist er zu einem gewaltigen Meeresrauschen geworden, rote Fahne, Badeverbot. Mir wird jetzt klar, dass Hanna vorhin im Freien telefoniert haben muss, sonst hätte ich den Regen nicht hören können. Meiner Großmutter wird auch etwas klar, nämlich, dass sie nachher dringend ein Taxi braucht. Deshalb fängt sie jetzt schon an, kauend nach der Nummer von *Taxi Reinhoffer* zu suchen, mit der Gabel in der einen und dem Handy in der anderen Hand und dem empörten Blick meiner Mutter auf ihrem Gesicht.

Das Telefongespräch mit Hanna war nicht gut. Wir haben uns gestritten, haben uns von Weitem schreckliche Sätze an den Kopf geworfen, jeder Wurf ein Treffer. Jedes Wort unverzeihlich. Ich für meinen Teil habe schon jetzt ein schlechtes Gewissen und weiß, dass ich mich morgen dringend bei Hanna entschuldigen muss, auch wenn ich ihr die kurzfristige Absage nach wie vor übel nehme.

Es ist verrückt, wie sehr sie nicht da ist und wie angespannt uns ihre Abwesenheit macht, Hannas leerer Stuhl. Dabei wäre es erst ihr dritter internationaler Abend gewesen. Mein Vater versucht uns aufzuheitern, erzählt uns von ein paar Kollegen aus seiner Schule. Aber der Einzige, der über seine kleinen Geschichten lacht, ist er selber. Er sieht nicht vergnügt dabei aus.

Als meine Mutter mit dem *Cazuela de Mariscos* kommt, ruft sie enttäuscht: »Der *schöne* Eintopf, der *schöne* Eintopf!«, dabei sieht er überhaupt nicht misslungen aus, eher erstaunlich perfekt. Aber ich glaube, genau das ist das Problem. Wir wissen alle, was an diesem Eintopf fehlt.

Hanna.

Mein Vater hilft meiner Mutter dabei, die Teller zu verteilen, weil sich Carlo diesmal geweigert hat. Er trägt wieder sein Lieblingsshirt mit den Kirschflecken, über die meine Großmutter gleich die Nase gerümpft hat, und ich frage mich, was Hanna dazu sagen würde.

Zu dem T-Shirt.

Und zu der Nase.

Ich merke nicht, wie der kolumbianische Eintopf schmeckt, weil ich ihn wie automatisch esse, versalzen ist er aber schon mal nicht. Wir schaufeln ihn still in uns hinein, nur meine Großmutter macht ab und zu leise Schlürfgeräusche, alle sind gesund, keiner am Tisch scheint eine Fischvergiftung zu bekommen. Ich merke noch nicht einmal, wie sich der Eintopf in den Nachtisch verwandelt, in jenen geheimnisvollen Cheesecake namens *Julian Cardona*, in ein Glas mit einer hellen Creme, die nach Limette und Keksen schmeckt.

Meine Großmutter, die neben mir sitzt, hat keinen einzigen ihrer *Sätze* zu mir gesagt und ihren Apfelkuchen nun doch drüben in der Küche stehen lassen, weil er nicht kolumbianischer, sondern eben doch nur Elsässer Art ist. Oder weil sie gemerkt hat, dass heute nicht die Zeit für ihre Apfelrevolutionen ist. Überhaupt scheint sie einiges gemerkt zu haben. Denn bevor sie den Löffel ansetzt, um *Julian Cardona* kennenzulernen, dreht sie ihren Kopf zur Seite und sagt so mitfühlend »Ach, Josefin, das wird schon wieder« zu mir, dass ich kurz vergesse, wie fremd sie mir eigentlich ist.

Und wie traurig ich bin.

Aber dann mischt sich meine Mutter ein, schlägt sich gegen die Stirn und ruft: »Ach, ich habe vergessen, die Biomülltonne an die Straße zu stellen! Erinnert mich dran, dass ich das nachher gleich tue, sonst wird sie morgen früh nicht geleert, Frau Lisco ist das neulich auch passiert.« Am Tisch werden drei Antworten gekaut, geschmatzt und gebrummt, und auch ich antworte, nämlich, indem ich unhöflich aufspringe und verkünde, dass ich das jetzt lieber gleich mache, dann brauchen wir es nachher gar nicht erst zu vergessen.

Es gibt niemanden, der mich davon abhält.

Im Flur schlüpfe ich in meine ältesten Turnschuhe, ziehe eine Regenjacke an und trete blitzschnell nach draußen, raus, bloß raus hier, raus in den Regen, raus in das Rauschen, auf direktem Weg in den Weltuntergang hinein, Hauptsache, weg von dem leeren Stuhl und diesem misslungenen kolumbianischen Abend, an dem keiner da drinnen die Schuld trägt, am allerwenigsten meine Großmutter, trotzdem hätte ich es dort keine Sekunde länger ausgehalten.

Der Regen macht mich ruhiger, sein schönes Geräusch, sein friedlicher Geruch, sein Stolpern auf dem Asphalt. Es regnet, der Himmel lässt sein Haar herunter. Eine Weile bleibe ich auf der Fußmatte stehen, unter dem kleinen gläsernen Vordach, und schließe meine Augen. Der Regen prasselt auf das Glas, es klingt, als würde meine Großmutter mit ihrem blauen Brillenbügel unablässig darauf herumklopfen und mein Vater genervt dazu knurren, wie das Rascheln einer ernsthaften Zeitung klingt es, wie Einschlafen, wenn der Regen draußen gegen das Fenster tropft und man selber trocken bleiben darf.

Als ich die Augen wieder aufmache und zu den Mülltonnen gehen will, stolpere ich über etwas, das direkt vor meinen Füßen gelegen hat. Es ist ein großer Umschlag, der schon bessere Zeiten erlebt hat, zumindest trockenere. Und als ich mich bücke und den Umschlag aufhebe, ahne ich, dass ich ihn auf keinen Fall öffnen sollte, weil danach alles anders wäre und eine ganz neue Geschichte beginnen würde. Aber dann mache ich ihn trotzdem auf, dann befreie ich ihn von dem, was er beschützen musste.

Gott.

Verdammt.

Innerhalb einer mickrigen Zehntelsekunde kapiere ich, wie es sich anfühlt, keine Luft mehr zu kriegen, ich begreife, dass das Leben wie eine von Herrn Wittstocks Knallgasproben ist, das Leben ist das Experiment eines sehr stillen Chemielehrers: Man weiß nie, wann die Explosion kommt und wann man vor Schreck in Ohnmacht fallen oder einen Schrei ausstoßen wird, man weiß nie, wann es Zeit ist loszulaufen, loszurennen, ein Stück die Straße runter und dann weit, weit weg, das weiß man erst, wenn man den allerersten Schritt tut, und dann ist es meistens sowieso schon zu spät.

Man weiß nie, wann der Schuss kommt.

Das, was ich aus dem Umschlag gezogen habe, ist ein schlecht gepflegtes Buch, das, was im Umschlag lag, ist Hannas Zuhause, *Gotische Kirchen bei Lichte besehen*, es ist alles, was sie besitzt, es ist das, was auf gar keinen Fall bei mir sein sollte. Und als ich ins Haus rufe: »Ich muss noch mal weg«, und dann die Tür hinter mir zuknalle und mit dem Buch in der Hand losrenne, ahne ich schon, dass ich rennen und rennen kann, durch die Stadt und durch den Regen und egal wie weit, auf direktem Weg in den Weltuntergang hinein, am Ende werde ich Hanna doch nicht einholen können.

24

Rennen, rennen und den Regen im Nacken spüren, das nasse Autolicht auf den Straßen sehen, kleine elektrische Sonnenuntergänge, und rennen, rennen, durch die Gitterstäbe des Regens und an den Menschen vorbei, die ihre Mülltonnen rausstellen, sonst holt sie morgen niemand ab, so wie das neulich Frau Lisco passiert ist, und eine Freundin sein, ein Freund sein, denn Freundschaft ist, wenn du trotzdem hinrennst, Freundschaft ist, wenn du Angst hast vor dem, was du gleich für immer wissen wirst, was auf ewig in deinem Kopf und deinen Augen bleiben wird, das ist Freundschaft.

Und dann gehst du trotzdem hin, was sollst du auch machen, dann rennst du trotzdem hin, durch die Pfützen und die Dunkelheit und die ganze Angst, und du hältst ein altes, zerfleddertes Buch in der Hand, das eigentlich das Zuhause von jemandem ist, das einzige, das er hat, und du rennst und rennst und biegst an der Grisebach-Ecke ab, biegst trotzdem ab, obwohl du jeden Moment einen Schuss hören könntest, und du denkst, dass der ägyptisch segnende Herr jetzt endlich mal zur Arbeit erscheinen könnte, *er erfülle deine Ohren mit Musik und deine Nase mit Wohlgerüchen, er erfülle deinen Mund mit Jubel und dein Herz mit Freude,* rennen und rennen und weiterrennen und dann nichts mehr, dann nur noch anhalten, zwanzig Meter vom Würfelzuckerhaus entfernt, und –

Da.

Da stehen sie.

Sie stehen vorm Haus, als würden sie vor einer Kirche auf ein

Hochzeitspaar warten, das gleich rauskommen muss, zehn oder elf Polizisten in kleinen Grüppchen. Ein paar von ihnen haben die Arme hinterm Rücken verschränkt, andere vergraben ihre Hände tief in den Taschen ihrer dunkelblauen Jacken, die Mützen halten nur kaum den Regen ab. An manchen Gürteln hängen Funkgeräte, Handschellen, sogar Waffen, aus manchen Mündern kommen Worte raus, aber ich kann nicht verstehen, welche.

Gar nichts kann ich verstehen.

Auf der Straße stehen fünf Polizeiautos und dann noch jede Menge Nachbarn, die Schirme aufgespannt haben, und ich sehe bestimmt so aus, als wäre ich eine von ihnen, auch wenn ich etwas abseits stehe und leider keinen Schirm dabeihabe.

Genauso gut könnte ich unter der Dusche stehen, es würde keinen großen Unterschied machen. Nichts an mir ist noch trocken, die Gnade der Wüste prasselt erbarmungslos auf meinen Kopf: stilles, frisches Wasser und neue Hoffnung, aber Hoffnung habe ich keine mehr.

In Hannas Haus brennt überall Licht, auch oben unterm flachen Dach. Hinter den Fenstern bewegt sich was. Und ich kann nicht mehr denken, ich kann nicht mehr denken, ich kann nicht mehr denken, nur noch den Regen kann ich fühlen, mit dem sich meine Haare und meine Klamotten und die *Gotischen Kirchen* vollgesogen haben, alles klebt, alles ist kalt, ich werde mich erkälten.

Eine Polizistin, die an einem Sprinter lehnt, spricht laut in ihr Funkgerät, trotzdem kann ich ihre Worte nicht verstehen. Mir ist übel, meine Knie sind weich, ich möchte mich im Regen auflösen, ein Stück des Wegs mit ihm mitfließen und im nächsten Abfluss verschwinden, alles wird leiser, die Stimmen und die Regentropfen auf dem Asphalt, sichtbar sein, gefunden werden, angeguckt, der Mensch ist ein sichtbares Wesen.

Und dann wird mir schwarz vor Augen.

Als ich wieder zu mir komme, sitze ich im Trocknen. Mein nasser Kopf liegt auf einem schmalen Tisch, und als ich Kopf und Rücken aufrichte, habe ich Polizeischutz. Anscheinend bin ich in dem Sprinter, den ich gerade noch von außen gesehen habe. Die Polizistin sitzt mir gegenüber, sieht mich fast freundlich an und reicht mir ein Handtuch, das ich ihr abnehme, dann aber doch nicht benutze.

Ich kann jetzt wieder denken, kann vieles klarer sehen, und der Regen peitscht gegen die Frontscheibe und oben auf das Dach, schlägt Tropfen gegen das Glas, malt ganze Rinnsale, macht alles unklar. Er hat noch nicht mal vor der Polizistin haltgemacht, auch wenn sie weniger durchnässt ist als ich.

Ich überlege, ob es für Polizistinnen auch Regenjacken gibt, dunkelblau mit weißer Schrift, und ob man Verbrecher auch mit Schirmen jagen kann oder ob das gegen die Berufsehre geht, sicherlich würde ich vor einem Polizisten mit Schirm gar nicht erst wegrennen, und weiter komme ich nicht mit Nachdenken.

»Na dann, schieß mal los«, sagt die Polizistin.

Ich sehe sie entsetzt an und würde sie am liebsten fragen, ob es nicht ein bisschen geschmacklos ist, gerade jetzt vom Schießen zu reden. Aber sie kann meinen Blick nicht deuten und ich lege eine Hand auf die nassen *Gotischen Kirchen*, die vor mir auf dem Klapptisch liegen. Wie gut wäre es, wenn ich die Polizistin einfach fragen könnte, was mit Hanna und ihrer Familie passiert ist. Noch lieber würde ich aber Hanna fragen, was mit ihr und ihrer Familie passiert ist, und ob sie etwas geahnt hat und mir deshalb ihr Buch vorbeigebracht hat, damit ich darauf aufpasse.

Stattdessen fragt mich die Polizistin, die jetzt schon viel weniger freundlich guckt als vorhin, ob ich ihr denn endlich mal sagen kann, was ich hier vorm Haus wollte und was mich mit dieser Familie verbindet, nein, sie sagt nicht einfach nur »mit dieser Familie«, sondern »mit dieser ... dieser Familie«. Zwischen *dieser* und *dieser* macht sie eine unerträglich lange Pause, so als wäre überhaupt nicht mehr klar, ob das das richtige Wort für die Kiesows ist.

Familie.

Und plötzlich bin ich mir auch nicht mehr sicher.

Ich weiß nicht, was hier gerade passiert. Was mit mir passiert. Aber auf einmal fange ich an, einer Wildfremden, die wahrscheinlich so alt wie meine Mutter ist, Hannas Geschichte zu erzählen, *meine* Geschichte, alles, was ich auch schon meinem Vater erzählt habe. Ich erzähle von den Dingen, die sich nicht beweisen und überprüfen lassen, erzähle von Hannas Vorsicht und von Hannas Namen, ihren abweisenden Eltern, ich erzähle vom Zeugenschutz und davon, dass ich nie jemanden vom BKA gesehen habe, ich erzähle ihr von Hannas Angst vor Knallgasproben und vor Polizisten, die sich in der Tür geirrt haben, ich erzähle ihr vom Fotografen der Lokalzeitung und von Hannas Verschwinden kurz vor Weihnachten, und obwohl ich noch nicht mal weiß, wie die Polizistin heißt, erzähle ich ihr, wie gern ich Hanna mag und dass ich die ganze Zeit Angst hatte, ihr könnte etwas passieren.

Als ich das sage, zeige ich nach draußen, auf das Haus und die Autos und die Kollegen der Polizistin, und sie holt einen Block aus ihrer Jacke und macht sich Notizen, mit einem echten Stift, auf echtem Papier. Ich hätte die Polizei für moderner gehalten. Dann kneift sie die Augen zusammen, hält den Kopf schief und will etwas sagen, aber in diesem Moment zieht von draußen jemand die Autotür auf und sagt: »Kommst du mal bitte eben? Wir müssen dir was zeigen«, es ist wie eine dieser ärgerlichen Werbepausen im Fernsehen, die grundsätzlich zur falschen Zeit kommen, dann, wenn es zur Abwechslung mal spannend ist. Die Polizistin steht auf und zeigt mir mit einer einzigen Kopfbewegung, dass ich sitzen bleiben soll. Dann klettert sie aus dem

Sprinter, zieht die Tür hinter sich zu, und ich will lieber nicht wissen, wofür der Polizist da draußen Werbung macht.

Da sitze ich.

Da sitze ich und sehe die Wasserlache auf dem Klapptisch, die kurz vor dem Notizblock der Polizistin zum Halten gekommen ist. Der halbe Tisch ist nass, die Wassergrenze ist krumm, sie wird sich bestimmt noch verschieben. Ich weiß, dass das nicht nur Regen sein kann, denn auch meine Augen tropfen. Ich muss die ganze Zeit geweint haben, ohne es zu merken.

Vielleicht werde ich Hannas *Gotische Kirchen* nie wieder trocken kriegen, die einzelnen Seiten nie wieder voneinander trennen können, das Buch wird für den Rest seines Lebens ein Papierklumpen bleiben. Trotzdem hat der Regen das Cover nicht sauber wischen können, ein halbes Jahr in Flecken: Oktoberregen und kalte heiße Kirschen mit fünf Esslöffeln Salz, Crema Spezial und Spucketröpfchen von Hannas Knallgasprobenschrei, Sternwartenstaub und Schokolade, Apfelflecken und Tränen.

Es ist alles noch da.

Alles ist weg.

Ich fühle mich leer und bin gleichzeitig so voll von lodernder Angst, dass ich schreien könnte. Es wäre nicht das erste Gebrüll im Polizeisprinter. Aber bestimmt das lauteste. Schon wieder habe ich Hannas Geschichte erzählt und zum zweiten Mal keine Antwort bekommen, es gibt ja hier noch nicht mal Äpfel. Oder Gummibärchen.

Die Gesichter hinter der Regentropfenscheibe sind kaum zu lesen, auf jeden Fall kann ich nicht erkennen, was in Hannas Haus passiert ist. Einer der Polizisten lacht sogar, ein anderer versucht das Wasser aus seiner Mütze zu schütteln, ein dritter versenkt seine Schuhspitze in einer Pfütze. Es sieht alles so unpassend aus, dass ich mir die anderen Kollegen gar nicht erst anschaue.

Erst jetzt verstehe ich, dass nirgends ein Krankenwagen steht, auch kein schlimmerer, dunklerer Wagen, nichts. Die Nachbarn sind verschwunden, auch das hat etwas Beruhigendes, und sogar das Haus hinter dem locker verteilten Polizeiaufgebot sieht unverändert harmlos aus. Wie ein verschlafenes Vorzeigegebäude aus *Schöner wohnen* steht es da, mit hellen, leeren Augen, und es weiß von nichts. Aber es erinnert mich jetzt nicht mehr an ein großes Stück Würfelzucker, sondern eher an einen dieser verfluchten Zauberwürfel, an denen ich mein Leben lang gescheitert bin. Das Haus ist ein Zauberwürfel, bei dem alle Seiten weiß sind, aber trotzdem schafft man es nicht, ihn so zu verdrehen, dass all das Weiß am richtigen Platz ist, egal, wie lange man sich abmüht.

Es ist immer falsch.

Die Polizistin kommt wieder ins Auto und klopft sich den Regen von der Jacke. Sie tut so, als wäre sie nie weg gewesen, setzt sich wieder auf ihren Platz und rümpft leicht die Nase, als sie ihren Notizblock ein paar Zentimeter von der Wasserlache wegschiebt. Und als wären wir noch mitten in unserem Gespräch, sagt sie: »Tja. Aber was, wenn ich dir jetzt sage, dass die ganze Sache einen Haken hat? Dass die Kiesows, wie du sie nennst, einen Haken haben?«

Ich schaue sie erschrocken an und frage mich, ob sie so mit mir reden darf und ob sie sich irgendwann mal beruflich verpflichtet hat, Leute unter achtzehn grundsätzlich nicht ernst zu nehmen. Noch nie in meinem Leben habe ich in einem Polizeiauto gesessen, noch nie hat eine echte Polizistin mit mir geredet, schon gar nicht über Familien und große Haken, und bin ich nicht nur deshalb aus dem Haus gegangen, weil ich die

Mülltonne rausstellen wollte? Ich versuche von meinem Sitz aufzustehen und erhebe mich ein paar Zentimeter, aber die Polizistin drückt mich gleich wieder runter, vorsichtig, aber entschieden. Und ohne Vorwarnung sagt sie zu mir: »Die Kiesows sind nicht die Guten. Sie waren die ganze Zeit die Bösen.«

25

Aber es ist noch nicht zu spät, noch nicht zu spät, nicht vorbei, die Kiesows können noch gut werden, die Guten sein, können immer schon die Guten gewesen sein. Die Polizistin muss nur den richtigen Satz sagen. Bis jetzt glaube ich ihr kein Wort, nur mein klopfendes Herz glaubt der Polizistin, das wilde Beben in meinen Ohren, mir ist so kalt, mir ist so entsetzlich kalt, dass ich kaum reden kann.

Ich brauche mehrere Anläufe, bis ich meine Lippen unter Kontrolle habe, und sage: »Hmh. Kann ja sein, dass sie das mal waren. Böse. Und auch nur die Eltern. Aber dann sind sie gut geworden und wollten eine Zeugenaussage machen, und deshalb mussten sie geschützt werden.«

Die Polizistin muss jetzt allen Ernstes lachen.

»Mädchen, du guckst zu viele Krimis.«

»Ich gucke eigentlich nie Krimis«, sage ich und lache so wenig, dass es der Polizistin auffallen müsste. Außerdem schiebe ich Hannas *Gotische Kirchen bei Lichte besehen* ein paar Zentimeter zu ihr, damit sie merkt, dass ich ständig nur Bücher über alte Bauwerke lese.

Aber das Einzige, was sie merkt, ist, dass ich das Buch in die Wasserlache geschoben habe, denn sie zieht eine eindeutige Augenbraue hoch. Dann blättert sie eine Seite in ihrem Notizblock um und entdeckt eine krakelige Zeichnung. Ich kann erkennen, dass sich ihre Mundwinkel zu einem winzigen Lächeln hochziehen und dass das Gesicht obendrüber wahnsinnig müde sein muss, vielleicht hat sie zu Hause kleine Kinder in kleinen Schlafanzügen und würde jetzt am liebsten Feierabend machen.

Sie klopft sich noch mal die Jacke aus, als könnte sie das schon aufgesogene Wasser damit loswerden, und fragt: »Wie heißt du eigentlich?«

»Josefin.«

»Josefin also. Gut.«

Sie lächelt wieder und schaut kurz auf die Kinderzeichnung. Wenn in einem der Schlafanzüge bei ihr zu Hause eine Tochter mit meinem Namen stecken sollte, dann wird dieses Mädchen auf jeden Fall Josi genannt oder wenigstens Finchen, und ich wette, dass die Polizistin zu ihr freundlicher ist als zu mir. Jedenfalls hoffe ich das.

»Dann erzähl ich dir mal was. Den Zeugenschutz kannst du dir auf jeden Fall abschminken, das Leben ist viel banaler. Trotzdem hast du recht. Alles, was du von der Familie weißt, ist eine Lügengeschichte. Ich könnte dir allerlei Namen aufzählen, mit denen sie auf Tournee gegangen sind, auch die echten, die wir mittlerweile haben, aber ich glaube, das lass ich lieber.«

»Kiesow reicht mir völlig«, sage ich erschrocken und denke: Hanna reicht mir völlig. Dass ich sie kenne, reicht mir völlig. Mehr muss ich gar nicht wissen. Und dass sie keine Lüge ist.

Doch, eine Sache muss ich noch wissen.

»Was ... also, was haben sie denn gemacht? Die Eltern von ... Hanna.«

Wie auf einem Fließband bewegen sich alle jemals erfundenen Verbrechen durch meinen Kopf, Mord und Totschlag und Nagellackdiebstahl, Entführung und Überfall, Handtaschenraub und Geiselnahme, Brandstiftung und Erpressung, Körperverletzung und Einbruch, nein, es ist noch nicht zu spät für ein winziges Verbrechen, bestimmt ist es nur –

»Sie haben die Fabrik bestohlen«, sagt die Polizistin streng, als wäre ich hier die Verbrecherin. »*Future Technology*. Kennst du sicher.«

Für das *Inc.* hat sie keine Zeit, und ich lasse ihr auch keine, weil ich gleich frage: »Wie, bestohlen? Alle Microchips mitgenommen?«

»Geld. Sie haben in der Buchhaltung Geld veruntreut. Viel Geld. Und nicht nur in dieser Fabrik.«

Als Erstes denke ich, dass meine Mutter fast daneben gesessen hat, und als Zweites, dass sie fast recht gehabt hat mit ihrem Verdacht, zum ersten Mal in ihrem Leben, und dass sie damit noch viel zu freundlich war. »Veruntreut«, sage ich, »also ich kenne das Wort, klar. Ich komme nur gerade nicht drauf. Ich meine: Ich weiß nicht, was es bedeutet.«

»Die Frau hat Geld abgezweigt. Auf Privatkonten umgeleitet. Scheinrechnungen ausgestellt. Gutschriften manipuliert. Und so weiter.«

»Und der Mann?«

Die Polizistin verzieht ihr Gesicht.

»Der sorgt dafür, dass sich die Frau immer wieder neu bewerben kann. Und gleich wieder Zugriff auf die Firmenkonten hat. Der hat das ganze Familienleben gefälscht. Also, den schriftlichen Teil. Da kommt einiges zusammen. Pro Familienleben. Immerhin kann man sagen, dass sich ihre Ausbildungen gelohnt haben, die kaufmännische und das Grafikdesign-Studium. Jedenfalls hoffen wir, dass sie nicht gleich wieder das nächste Familienleben anfangen, so wie sonst. Na, und mehr brauchst du eigentlich nicht zu wissen.«

»Dann kann ich ja jetzt gehen«, sage ich, versuche zum zweiten Mal aufzustehen und schaffe es sogar. Ich will weg von hier, endlich alleine sein und das begreifen, was ich sowieso nie begreifen werde. Die Polizistin drückt mich diesmal nicht wieder runter, aber sie wird lauter und erklärt mir, dass sie meine Hilfe braucht: »Es ist deine Pflicht, uns zu helfen, kannst du dir ja vorstellen.«

Ich schüttele den Kopf, aber sie kann nicht wissen, was genau ich gerade zerschüttelt habe. Sie schaut zu mir hoch und sagt: »So was passiert nicht selten. Firmenkonten können äußerst verlockend sein. Aber es passiert ziemlich selten, dass jemand damit immer wieder durchkommt. Dass er weiterzieht, bevor es brenzlig wird. Die Kollegen haben in dieser Hinsicht bisher nie Glück gehabt. Diesmal haben wir immerhin einen Hinweis bekommen, aber egal, zu spät sind wir trotzdem. Sie sind uns wieder entwischt.«

Von hier oben sehen Hannas *Gotische Kirchen* wie eine eckige Insel in einem kleinen See aus, und ich weiß nicht, wie ich es aushalten soll, dass diese Insel jetzt mir gehört. Und dass jemand Hanna verraten hat. Dass ich nicht weiß, ob ich diesen Menschen kenne, sogar gut kenne, besser als jeden anderen.

Die Polizistin sagt: »Komm, setz dich bitte noch mal kurz hin«, und dann verlangt sie von mir, dass ich mich unbedingt und dringend bei ihr melden soll, wenn ich auch nur das Kleinste von Hanna höre, jeder Hinweis könnte nützlich sein. »Du hilfst ihr damit«, sagt sie noch, »glaub mir. Sie muss da schleunigst raus. Das ist doch kein Leben. Also wenn *ich* Kinder hätte ...«

»Aber Sie haben doch welche!« Ich sitze wieder auf meinem Platz, spüre meine nasse Hose an den Beinen und zeige auf die Zeichnung.

»Das?« Sie nimmt den Block hoch, als müsste sie sich vergewissern. Dann lächelt sie wieder und sagt: »Das ist von meiner Nichte.«

»Josefin.«

»Leonie.«

Ich stampfe unter dem Tisch leicht mit dem Fuß auf und es

platscht, weil auch da eine Pfütze ist, ein zusammengepresster Regentag, ein Regenleben.

Die Dinge, wie sie wirklich sind.

Aber nichts ist das, wonach es aussieht, wonach es sogar eindeutig aussieht, nichts ist so, wie es ist, was soll man also glauben von dem, was einem das Leben vorsetzt, wie soll man die Wahrheit erkennen und wie die Geschichten?

Die eigenen.

Und die der Anderen.

Die Polizistin, die sich immer noch nicht bei mir vorgestellt hat, nimmt ihren Notizblock, blättert die Kinderzeichnung weg und lässt ihn auf der trockenen Seite vom Tisch liegen. Während sie mir einen Stift gibt, sagt sie: »Name, Adresse, Telefonnummer. Wir melden uns dann bei deinen Eltern. Wegen deiner Zeugenaussage.« Dann schließt sie kurz ihre Augen, hält sich drei Finger an die Stirn und atmet durch die Nase aus. »Hör mal, Josefin«, sagt sie, aber da habe ich mich schon rüber zum Block gesetzt und schreibe meinen Namen. »Tut mir leid, dass dir das passiert. Ist bestimmt nicht leicht für dich.«

Ich nicke nur und tue so, als würde ich mich auf meine Adresse konzentrieren, Hanna hat es viel schwerer als ich. Und mein Herz macht einen grimmigen kleinen Sprung, als ich unsere Festnetznummer in besonders ordentlichen Ziffern aufschreibe, keine Ahnung, wem ich den Moment mehr gönne: der Polizistin oder meinem Vater.

Und ob falsche Namen am Telefon eine Straftat sind.

Als ich fertig bin, stehe ich zum dritten Mal auf, fische meine *Gotischen Kirchen* aus der Tischpfütze, die aus mehr Tränen als aus Regentropfen besteht, und verabschiede mich. Dann bleibe ich noch kurz stehen. Meine Haare und Klamotten sind nass geblieben, mir ist im Auto nicht warm geworden, nie wieder wird mir warm werden, oder wenn, dann frühestens in fünftausend Jahren. Ich sehe die Polizistin ein letztes Mal an, halte mich mit den Fingerkuppen am Tisch fest, beiße mir auf die Lippen.

Überlege.

Aber dann schüttele ich mich doch nicht.

26

In jedem Menschen gibt es etwas, das er sich nicht ausdenken kann, in jedem Regen gibt es eine Lücke, in jedem Leben jemanden, der verloren gegangen ist. Als ich aus dem Polizeiauto springe, lande ich direkt in einer Pfütze, aber ich habe mich längst daran gewöhnt und hätte mich eher gewundert, wenn mal ein trockenes Stück Boden unter meinen Turnschuhen gewesen wäre. Und eigentlich müsste ich wieder rennen, so wie vorhin, nur noch schneller, viel schneller. Denn meine Eltern haben noch nie so lange nicht gewusst, wo ihre Tochter ist, und sie machen sich sicher schon Sorgen.

Sie wissen so vieles nicht.

Wie ich.

Bloß, ich kann nicht rennen, meine Knie sind weich, die Beine schlackern, außerdem will ich mit meinen Gedanken Schritt halten, und die sind in der letzten Stunde uralt geworden, schwach und gebrechlich. Mein Herz ist schwer, mit Regenwasser vollgesogen, und das, obwohl es geschützt ist, abgeschirmt durch meine *Gotischen Kirchen,* die jetzt in der Innentasche meiner Regenjacke stecken. Und auf einmal bin *ich* diejenige, die eine Zeugenaussage machen muss, bin *ich* die Zeugin, obwohl ich nie irgendetwas bezeugt habe, auf alle Fälle nichts, das für die Polizei interessant sein könnte.

Oder das sie etwas angeht.

Ich halte genau dort an, wo ich vorhin schon gestanden habe, und drehe mich noch mal um, zum allerletzten Mal, denn freiwillig werde ich nicht wiederkommen. Auf gar keinen Fall. Und obwohl ich nur dastehe und mich keinen Meter von meinem Aussichtspunkt wegbewege, habe ich das Gefühl, dass Hannas Haus kleiner und kleiner wird, dass es sich auflöst in der Dunkelheit und im Regen. Es ist mir egal, was aus ihm wird und ob der Besitzer seine Tochter am Ende doch noch überreden kann, dort einzuziehen, denn unsere Stadt mag zwar klein sein, aber sie hat immerhin genügend Platz für ziemlich große Verbrechen.

Wenn das ganze Haus so leer und schmucklos ist wie das Stückchen, das ich damals von ihm gesehen habe, dann wird die Polizei nicht viel finden, kein Geld und keine Antworten, keine Kiesows, überhaupt nichts. Ich kann nicht begreifen, warum Hannas Vater so viele Dokumente fälschen musste, Ausweise, Zeugnisse, Urkunden und was man sonst noch so im Leben braucht, ich verstehe nicht, warum er sich die Mühe gemacht hat, all diese Sachen umständlich zu fälschen, wenn er doch nur Geld zu drucken bräuchte, immer am selben Ort.

Hier.

Nur hier.

Es ist noch gar nicht lange her, dass ich bei Hanna geklingelt habe und ihre Eltern das kleine, traurige Theaterstück aufgeführt haben, denn wenn man keine Polizei rufen kann, dann spielt man eben Theater, irgendwas muss man ja schließlich machen. Das begreife ich erst jetzt. Was mir aber nicht in den Kopf will, das ist, dass Hannas Eltern gar nicht wie Verbrecher ausgesehen haben, sondern nur müde, und das passt für mich nicht zusammen. Ich kann mir nicht vorstellen, dass es sich Verbrecher leisten können, während ihrer kriminellen Arbeitstage vor lauter Müdigkeit auf frischer Tat einzuschlafen.

Und was, wenn sie aus der ganzen Sache einfach nur nicht mehr rauskommen? Wenn sie längst gemerkt haben, dass man bei der Berufswahl besser aufpassen sollte? Das sollte man nämlich. Vor allem, wenn man ein Kind hat. Und wenn das Kind eine wie Hanna ist. Eine, die dringend mal ein Zuhause bräuchte, in dem man nicht blättern kann. Und einen Namen, den sie immer bei sich tragen darf und nicht an den unmöglichsten Orten zurücklassen muss.

Ich bin froh, dass ich nicht weiß, wie Hanna heißt.

Ein paar Polizisten scheinen genug gesehen zu haben. Sie steigen in ein Auto ein, knallen die Türen zu und fahren an mir vorbei. Ihre Scheibenwischer haben einen unruhigen Blick, der Regen wird wohl nie wieder aufhören. Drüben am Sprinter sehe ich die Polizistin. Sie trägt nach wie vor ein glänzendes Regengesicht und wirft mir einen irritierten Blick zu, also setze ich mich endlich in Bewegung, sehr langsam, aber so, dass ich mich jetzt wirklich vom Haus entferne.

Ein letztes Mal gehe ich den Grisebachweg zurück und muss daran denken, wie mir Hanna die ganze Zeit aus dem Weg gegangen und in den Weg gelaufen ist, so lange ist das her, eine Handvoll Stunden nur, Stunden, die in die Hand eines sehr kleinen Kindes passen würden.

Ich stakse und stampfe und wate und frage mich, was eine Familie wie die Kiesows mit all den Erinnerungen macht, die sich im letzten Leben so angesammelt haben, und ob man sie einfach zurücklässt, unterm Sofa oder hinterm Kühlschrank oder sogar im Spülkasten der Toilette, ob man sie dort liegen lässt und hofft, dass das Hausdurchsuchungskommando sie zufällig nicht findet, und ob dann noch etwas von einem übrig bleibt und wer man dann noch ist.

Ob man überhaupt noch jemand ist.

Ohne Erinnerungen.

Dann bleibe ich stehen, weil ich etwas sehe. Es ist nicht mehr weit bis zur Grisebach-Ecke und es regnet jetzt weniger, aber nur, weil am Wegrand große Bäume stehen und ich ein dunkles, löchriges Dach über dem Kopf habe. Es wird ewig dauern, bis ich alles begriffen habe, oder wenigstens einen kleinen Teil, der würde schon reichen.

Ich stehe da und sehe etwas, und zum ersten Mal an diesem Abend erfasst mich diese Wut, die ich sonst nur habe, wenn mein Schulrucksack zu voll ist. Dieses Gefühl, wenn man trotzdem versucht, den Reißverschluss zuzuziehen, mit diesem blöden kleinen Ding, das verflucht noch mal keinen Namen hat. Dieses entsetzliche Gefühl, wenn man es einfach nicht schafft, egal wie sehr man es versucht, diese Wut, diese schreckliche, unendliche Wut.

Ich renne los, aber die Wut rennt mit, bleibt bei mir, die Wut auf Hannas Eltern und auf den Menschen, der sie verraten hat, ich trete in jede Pfütze, die ich kriegen kann, zerstampfe meine eigenen Spiegelbilder und weiß nicht, wie spät es ist und ob meine Eltern schon die Polizei angerufen haben. Die Telefonnummer wäre auf jeden Fall richtig gewesen. Sie werden mir das nicht verzeihen können, das weiß ich jetzt schon. Nie werden sie mir verzeihen, dass ich eine Tochter geworden bin, auf die man sich nicht verlassen kann.

Als ich mich unserem Haus nähere, erkenne ich, dass die Tür weit offen steht, ich kann sehen, wie sie ruhig unter dem kleinen Glasdach warten, meine Großmutter und meine Eltern, und ich weiß sofort, dass hier überhaupt nichts verziehen werden muss. Nicht mir, niemandem. Als ich bei ihnen angekommen bin, kann ich nur noch sagen: »Ich war mal kurz weg. Jetzt bin wieder da. *Ich* schon«, und mehr schaffe ich nicht, die restlichen Worte kann ich nicht mehr sagen.

Ich kann sie nur noch weinen.

Meine Großmutter ist die Erste, die mich umarmt, die mich gar nicht mehr loslässt, dabei kann sie noch gar nicht wissen, was alles neu geworden ist. Ausgerechnet meine jung gebliebene Großmutter mit ihrem blauen Brillengestell ist anders, als ich sie in Erinnerung hatte, und sie wird mich für immer hier festhalten und mit ihrem schweren Moschusparfüm betäuben, bestimmt hat sie ihr Taxi wieder abbestellt.

Aber dann lässt sie mich doch los, murmelt noch etwas, verschwindet im Haus. Und da begreife ich, dass sie es weiß, dass es alle hier wissen, meine ganze Familie. Denn meine Mutter legt mir ihre Hände auf die Schultern und sagt: »Jemand von *Future* hat angerufen«, sonst nichts, aber mehr muss sie mir sowieso nicht erklären, mehr gibt es zu diesem Thema sowieso nicht mehr zu sagen. Außer, dass sich jemand anderes von *Future* jetzt eine neue Zukunft suchen muss.

Mein Vater schweigt, und es kommt mir so vor, als wäre ihm schon jetzt klar, dass er nie wieder Äpfel essen wird oder sonst irgendwelche Hindernisse, kein einziges. Meinen Bruder Carlo kann ich nirgendwo entdecken, er ist wohl oben in seinem Zimmer und wird sich für den Rest seines Lebens nicht mehr bei uns blicken lassen. Meine Großmutter kommt jetzt zurück, genau fünfzehn Jahre jünger, als sie eigentlich ist, und hat ein riesiges Handtuch dabei. Sie fängt an, meinen Kopf abzutrocknen, so langsam, dass es eher an eine Kopfmassage erinnert. Das Handtuch hängt an den Seiten herunter und jetzt, in dieser dunklen Höhle aus Weichspülerduft und unter den Händen meiner erstaunlichen Großmutter, jetzt werde ich zum ersten Mal seit Langem ruhig, kann ich zum ersten Mal seit Stunden richtig an Hanna denken und an alles, was ihr geschehen ist, geschehen wird, die Bewegungen auf meinem Kopf tun mir gut, diese schöne, duftende Dunkelheit.

Ich glaube, manche Menschen tragen ihr Verschwundensein schon die ganze Zeit in sich.

27

Seit dem letzten Regen sind drei Monate vergangen. Es hat danach noch oft geregnet, aber nie so, dass es gezählt hätte. Jedes Mal ist der Regen zu schwach oder zu schief gewesen, zu warm oder zu lückig. Zu ohne Hanna. Es ist ein Regen gewesen, den man getrost wieder vergessen konnte, weil er eine Enttäuschung war, nichts Echtes. Der Regen verwischt alle Spuren, alle Menschen verwischt er. Es gibt Menschen, die kann kein Regen dieser Welt verwischen.

Drei Monate sind vergangen, seit Hanna verschwunden ist, abgebogen an einer unsichtbaren Straßenecke, zack. Vorbei. Und ich weiß nicht, warum die Leute immer nur vom Abschiednehmen reden und warum man diesen Abschied unbedingt nehmen muss und dem Andern nicht auch geben kann wie ein Geschenk oder eine Tüte Proviant für den weiten Weg, der noch vor ihm liegt.

Wie gern hätte ich Hanna meinen Abschied gegeben, gut verpackt in einem großen Umschlag, *Hanna Kiesow, auf Reisen*. Aber am Ende, da habe ich den Abschied eben doch nur genommen, Hannas Abschied, und ihn später, als er wieder einigermaßen trocken war und man sogar wieder in ihm blättern konnte, in mein Bücherregal gestellt, mit all seinen Flecken, den gotischen Kirchen, den vielen Eselsohren. Ich habe den Stein von Frau Mattai davorgelegt, den ich lange in meinem Rucksack mit mir rumgetragen hatte, ich habe ihn vor das Buch gelegt, als graue Security für Hannas Zuhause.

Im Bücherregal muss ich es nicht ständig sehen.

Und es ist trotzdem in meiner Nähe.

Ich habe darüber nachgedacht, was das Letzte war, das ich zu Hanna gesagt habe, damals am Telefon, als sie nicht zum kolumbianischen Essen kommen konnte. Und sosehr ich mir auch wünsche, dass ich mich falsch erinnere, weil die Sache schließlich schon Monate her ist, und sosehr ich auch hoffe, dass ich in meinem Kopf nur in der Zeile verrutscht bin, weiß ich doch noch genau, was mein letzter, wütender Satz für Hanna war: *Wir machen das hier alles nur für dich.*

Und ich weiß auch noch, was Hanna auf diesen letzten, wütenden Satz erwidert hat, bevor sie aufgelegt und mich im Flur stehen gelassen hat, mit einem Kloß im Hals und einem dämlichen Festnetztelefon in der Hand. Ich hätte so gern etwas Klügeres, Freundlicheres zu ihr gesagt, etwas *Letztes*. Irgendetwas Gutes, das sie auf ihrer traurigen Reise begleitet hätte.

Aber vielleicht verabschiedet man sich ja immer schon vorher, bei jeder Begegnung, der ersten und der vorletzten und allen Begegnungen dazwischen, jedes einzelne Mal. Und vielleicht sind alle freundlichen Worte, die wir im Leben sagen, automatisch auch Abschiedsworte, nur für den Fall, denn man weiß ja nie, ob sich die echten letzten Worte dann, wenn sie irgendwann ohne Vorankündigung an der Reihe sind, auch wirklich hören lassen können. Oder ertragen lassen.

Alles Freundliche, das man je gesagt hat, zählt.

Das würde mir gefallen.

Und es würde mein Herz manchmal leichter machen.

Die Polizei ist schon am Tag nach Hannas Verschwinden bei uns gewesen, zwei Männer in normaler Kleidung, von denen der eine gleich zu Beginn zu meinem Vater gesagt hat: »Wir hatten ja telefoniert«, woraufhin meine Mutter peinlich berührt auf den Tisch geschaut und mein Vater nur leise gehüstelt hat. Soweit ich weiß, hat er sich am Telefon mit *Nacktgalerie Widmar Polke* gemeldet. Und obwohl ich es war, die eine Zeugenaussage machen sollte, hat die meiste Zeit nur meine Mutter geredet und den Polizisten so viel Gutes über Hanna und ihre Mutter erzählt, dass ich mit offenem Mund zugehört habe und einer der Polizisten ziemlich genervt gesagt hat: »Sie brauchen diese Leute nicht in Schutz zu nehmen, immerhin haben die Ihre Firma um Hunderttausende gebracht! Hunderttausende!«

Meine Mutter hat dann nur geantwortet, dass das nicht *ihre* Firma und schon gar nicht *ihre* Hunderttausende sind, das wäre ja noch schöner, aber dass sie die Taten der Kiesows selbstverständlich ablehnt, ist ja klar, vor allem in einer hübschen kleinen Stadt wie dieser. Danach hat sie noch zugegeben, dass ihr Frau Kiesow am Anfang schon etwas merkwürdig und verhuscht vorkam, aber das hat sich mit der Zeit gelegt, und sind wir nicht alle ein wenig verhuscht?

Am liebsten hätte ich sie im Beisein der Polizisten an den Auftritt von Hannas Mutter am liechtensteinischen Abend erinnert und dann von der leeren Badewanne und den bleichen Gesichtern von Hannas Eltern erzählt, von Hannas Angst und ihren Tränen.

Gesagt habe ich aber nichts, nur gedacht, dass meine Mutter allein Hanna in Schutz genommen hat, sonst niemanden, und dass sie das getan hat, um es mir zu schenken. Gedacht habe ich auch, dass das schön klingt: jemanden in Schutz zu nehmen. Denn wenn man ihn in Schutz nimmt, kann man ihn dadurch nachträglich beschützen, und wenn man ihn nachträglich beschützt, dann kann der Erinnerung an ihn fast nichts passieren.

Einer der beiden Männer ist dann zur Toilette gegangen, während der andere versucht hat, mich mit einem kleinen, strengen Vortrag dazu zu bringen, Hanna an die Polizei zu verraten, falls sie sich mal wieder bei mir melden sollte. Und weil sein Kollege lange nicht mehr zurückgekommen ist, habe ich befürchtet, dass er gleich noch unser Telefon verwanzt hat.

Als die Polizisten endlich weg waren, ist meine Mutter in sich zusammengefallen wie ein halb gelungenes französisches Käse-Soufflé, obwohl sie vorher ausgesehen hat, als würde sie dreimal am Tag mit der Polizei reden und dabei jedes Mal gewinnen. Aber nach dem Gespräch hat sie nur noch dagesessen, den Rücken krumm gemacht und dann zu mir gesagt: »Diese Leere, Josefin. Diese Leere, die man fühlt, wenn man alle Weihnachtspakete verschickt hat.«

Es war schon März, aber ich habe sie trotzdem verstanden.

Und ich weiß nicht, was die ganze Sache mit meiner Mutter gemacht hat und ob ihr klar ist, dass sie am Anfang fast recht hatte mit ihrem detektivischen Funkeln. Aber seit Hanna fort ist, hat es nie wieder eine internationale Woche bei uns gegeben, keine einzige. Die Aussichten auf ein reines Nudelthema sind also eher schlecht. Uns allen fehlen diese Wochen sehr, Carlo, meinem Vater und mir. Wir haben sie immer gemocht.

Wir haben es nur nicht gemerkt.

Mein Vater hat zur Geschichte der Kiesows nicht viel gesagt, obwohl sie das Top-Thema in unserer Lokalzeitung war, neben dem gut besuchten Ostermarkt und dem 800-jährigen Jubiläum der Stadt, für das eine Lichtshow geplant ist. Er hält sich weiter zurück, wenn es um diese Sache geht, und er antwortet nur, wenn es sein muss, meistens aber so schnell und leise, dass man ihn kaum versteht.

Carlo hat in den ersten Tagen nach Hannas Verschwinden fast jeden Tag das T-Shirt mit den Kirschflecken angehabt, diesen großen, wilden Sternenhimmel, lila auf Weiß. Dabei hat er sie erst zweimal gesehen, auch wenn ich natürlich nicht weiß, wie oft sie ihm in der Schule aufgefallen ist. Hanna fehlt ihm, aber das würde er nie zugeben.

Auch meine Mutter gibt nicht mehr viel zu, jedenfalls nichts, das mit den Kiesows zu tun hat. Seit die Polizei da war, spricht sie nur noch in Rätseln darüber, wenn überhaupt, und einmal hat sie ohne jeden Zusammenhang und sehr nachdenklich gesagt: »Die größte Einsamkeit ist die, wenn dir nicht geglaubt wird. Und die allergrößte, wenn du nicht zeigen darfst, wer du bist.« Ich weiß nicht, ob sie damit nur Hanna oder auch ein bisschen sich selbst gemeint hat, nur eins ist klar: dass sie nicht recht hat. Denn die größte Einsamkeit ist die, wenn du begreifst, dass du jemanden nie wieder sehen wirst.

Ich weiß nicht, wer die Kiesows verraten hat, wer der Polizei den Hinweis gegeben hat, und ob es meine Mutter war oder mein Vater, Frau Mattai oder Herr Pollmann, am Ende sogar meine eigene Großmutter. Und ich will es auch gar nicht wissen. Aber manchmal, wenn ich abends im Bett liege und nicht einschlafen kann, dann habe ich kurz eine Ahnung, dann weiß ich für ein paar Minuten, wer die Kiesows verraten und ihnen den überstürzten Umzug eingebrockt haben muss.

Damals, am Abend von Hannas Verschwinden, als ich mich nach dem Gespräch mit der Polizistin regennass und tränennass nach Hause geschleppt habe, da ist mir etwas aufgefallen, habe ich etwas gesehen, am Wegrand unter einem Baum, am Weltrand, dort, wo alles aufhört. Und ich bin extra stehen geblieben, weil ich es nicht glauben konnte, aber an dem, was ich entdeckt hatte, ließ sich nichts mehr ändern, gab es nichts zu rütteln.

Nicht mal Rütteln half.

Was ich gesehen habe, waren ein dunkles Auto und auf der Rückbank ein kleiner Schlüsselanhänger, ein gotisches Fenster, dessen Felder in allen möglichen Farben leuchteten: Pink, Rot,

Blau, Hellblau, Gelb und Grün, das konnte man durch die Fensterscheibe gut erkennen, denn die war durch den Baum vor dem Regen geschützt. Da waren ein Auto und ein angeknipstes gotisches Fenster und dann noch drei Steine, groß wie zusammengekauerte Menschen, die auf dem Boden des Wagens lagen, einer vorn, zwei hinten, ein Auto und drei Menschen und ein buntes Fenster, das am Ende doch nicht die Rettung war, weil man sich auf mich nicht verlassen konnte.

Ich habe niemandem davon erzählt, nicht mal meiner Mutter.

Ich habe Hanna nicht verraten, obwohl sie das gehofft hat.

Sie muss es gehofft haben.

Manchmal, wenn ich allein an der Sternwarte sitze, glaube ich sie zwischen den Bäumen zu sehen, es ist nur ein Schatten, eine rasche Bewegung, eine kleine Hoffnung aus Luft. Dann schaue ich schnell weg und gebe mich wieder mit dem alten Licht zufrieden, das sich über mir durchs Universum bewegt, das Licht vom Urknall und das Licht von den Erinnerungen an Hanna, Milliarden Jahre und ein paar Monate alt, ich stelle mir diese kleine Reisegemeinschaft vor, ihren großen Altersunterschied, das geheime Flirren im All.

Alles, was je geleuchtet hat, bleibt.

Und wenn ich abends durchs Haus schleiche, um noch mal ins Bad oder in die Küche zu gehen, ruft mir mein Vater ab und zu hinterher: »Warts ab, morgen früh bist du wieder ein Stückchen größer.« Denn das ist seine Lieblingsgeschichte: dass jeder Mensch tagsüber ein wenig schrumpft und nachts, wenn er schläft, wieder wächst, das liegt an den Bandscheiben und daran, dass sie bei Belastung Flüssigkeit verlieren.

Seit Hanna weg ist, fühle ich mich beides, kleiner und größer.

Seit Hanna weg ist, spielen meine Bandscheiben verrückt.

Als die Polizisten damals bei uns waren, haben sie gefragt, wie es sich für uns anfühlt, so belogen worden zu sein, und auch wenn sie nicht *tausendmal belogen* gesagt haben, haben sie doch genau das gemeint.

Aber Hanna hat mich nie belogen. Nicht tausendmal, nicht fünfmal, überhaupt nicht. Das, was sie außer den *Gotischen Kirchen* mit sich herumgeschleppt hat, sind nie ihre eigenen Lügen gewesen. Sie waren maßgeschneidert, aber sie haben trotzdem nicht gepasst.

Beschützen wollte ich Hanna und habe nicht verstanden, dass es gar nicht darum ging. Denn sie hat die ganze Zeit *mich* beschützt. Ich merke das in der Schule, merke es daran, dass es mich neuerdings zu geben scheint und dass die Leute in meiner Klasse immer noch mit mir reden, so als würde Hanna noch neben mir sitzen. Aber ich glaube, sie meinen mich. Manchmal ruft mich jemand an, nie auf dem Festnetztelefon, und es kann sein, dass ich hin und wieder der erste Versuch bin, die erste Durchwahl.

Wenn mich Frau Mattai in der Klasse mit den Anderen sieht, lächelt sie mir manchmal zu. Sie nickt dann und man könnte fast denken, sie wäre ein bisschen stolz, ich kann aber nicht erkennen, auf wen: auf Hanna, auf irgendwen, auf mich? Ich habe auch nie herausgefunden, was Frau Mattai über Hanna gewusst hat und was in dem Umschlag war und ob Hanna ihn je bekommen hat.

Damals, als die misslungene Berufswahl ihrer Eltern bekannt geworden ist, wurde in der Stadt viel darüber geredet und geflucht, aber fast nie in meiner Klasse, nie von Frau Mattai.

Selbst Marktleiter Pollmann hat nichts dazu gesagt. Doch wenn er mich im Supermarkt sieht und wenn in diesem Augenblick zufällig sein Handy klingelt, drückt er den Anrufer schon nach dem vorwurfsvollen *Du hast* der Schlagersängerin weg, und beim Abschied sagt er: »Grüß mir«, bricht dann aber immer ab.

Ich habe nur wenige Beweise dafür, dass Hanna da war. Es gibt höchstens diese kleinen Momente mit Leuten, die sie auch gesehen haben, und dann noch ein Buch über gotische Kirchen, ein versteinertes Bibergehirn und ein Handy-Foto, auf dem noch nicht mal Hanna zu sehen ist, nur ich bin auf dem Bild, ich im fast Dunkeln, ich, wie ich *Hanna* sage und sichtbar bin.

Es ist ein erstaunlich helles Bild geworden.

Und manchmal, ganz selten, blicke ich auf der Straße den Menschen ins Gesicht, einer alten Frau oder zwei Joggern oder einer orientierungslosen Briefträgerin, die sich im Viertel verlaufen hat, oder sogar einem Jungen. Dann merke ich, dass manche mich auch anschauen und manche nicht, und dass beides gut ist.

Das Letzte, was Hanna zu mir gesagt hat, damals am kolumbianischen Abend, als sie nicht kommen konnte und wir uns gestritten haben, das Letzte, was sie jemals zu mir gesagt hat, war einfach nur *Josef*. Ich glaube, dass sie es war, die die Kiesows an die Polizei verraten hat.

Aber vor zwei Wochen ist etwas geschehen. Es war ein sonniger Abend, als mein Vater in mein Zimmer kam, das Ende eines normalen Schultages. Ich lag schon im Bett und hatte wieder die Bundesgartenschau an, Gelsenkirchen 1997. Und wenn ich sage, dass mein Vater in mein Zimmer kam, dann übertreibe ich maßlos. Denn obwohl meine Tür im Sommer weniger klemmt als im Herbst und im Winter, hat er mehrere Anläufe gebraucht, um mein Zimmer zu betreten.

Als er endlich drin war, habe ich sofort verstanden, warum er so lange gebraucht hat: Er hatte keine Hand frei, um die Türklinke zu benutzen. Sein Gesicht hat er zu etwas sehr Entzücktem und seine Hände zu einer Schale geformt, und in dieser hautfarbenen Schale aus zwei liebevollen Handtellern hat er einen Vogel getragen, keinen verletzten, sondern einen, der gerade wieder gesund geworden ist und jeden Moment losfliegen konnte. Und mein Vater hat mir das Festnetztelefon überreicht und noch schnell zwei Dinge gesagt, erstens, dass ich mir keine Sorgen machen muss, denn er hat sich ganz harmlos mit *Meisterjodler Martini* gemeldet, und zweitens, dass der Anruf für mich ist, obwohl er das gar nicht wissen konnte.

Denn nachdem ich »Äh, hallo?« gesagt habe, war absolut nichts zu hören, nur eine Leere, die sich unangenehm gegen mein Ohr drückte, sonst nichts: kein Atmen, kein leises Husten, kein Schniefen, kein Schluchzen, kein *Hallo? Hallo? Der Empfang ist hier so schlecht!*, überhaupt nichts.

Und fast wäre ich nicht darauf gekommen, hätte es beinahe nicht kapiert und war kurz davor, einfach aufzulegen und meinen Vater zu fragen, ob er seine Telefonscherze eventuell verfeinert hat, ohne mir vorher Bescheid zu sagen.

Aber dann ist es mir doch noch klar geworden.

Dann habe ich es trotzdem noch kapiert.

Seitdem hat mich Hanna schon ein paarmal angerufen. Aber wir reden nicht, wir schweigen die ganze Zeit. Denn es gibt viel zu erzählen. Und es funktioniert, das ist das Verrückte, auch wenn ich mir wünsche, dass wir irgendwann wieder richtig reden können. Aber jetzt funktioniert es, und das reicht. Mal schweigen wir nur fünf Minuten, mal länger, und immer sage ich irgendwann, dass mir jetzt wirklich nichts mehr einfällt, also dann, bis bald.

Und falls unser Festnetztelefon tatsächlich verwanzt ist und jemand unsere Gespräche mithört, dann tut er mir leid. Denn jedes Mal muss er zuerst die Tarnidentität meines Vaters ertragen und sich danach noch Hannas und mein Schweigen anhören und Notizen machen. Und vielleicht kratzt er sich eine Weile am Kopf, trinkt einen Schluck Kaffee und schreibt dann *abgehacktes Schweigen* oder *nachdenkliches Schweigen*, schreibt *akzentfreies Schweigen* oder *hastiges Schweigen, vorwurfsvolles Schweigen* oder *aufgeregtes Schweigen, zweistimmiges Schweigen* oder *Schweigen wie ein Wasserfall*, und alles, was er in sein Notizbuch schreibt, wird genau das Falsche sein und die ganzen schönen Ermittlungen der Polizei durcheinanderbringen. Denn ich meine, es gibt fast dreizehn Millionen Arten zu schweigen, aber Hanna und ich, wir entscheiden uns ausgerechnet für die eine Art, für die es keine Worte gibt.